D0720183

Tórrida pasión

Margaret Mayo

Bianca™

HARLEQUIN™

Editado por HARLEQUIN IBÉRICA, S.A.
Núñez de Balboa, 56
28001 Madrid

I.S.B.N.: 978-84-671-7332-1
Depósito legal: B-26236-2009
Editor responsable: Luis Pugni
Preimpresión y fotomecánica: M.T. Color & Diseño, S.L.
C/. Colquide, 6 portal 2 - 3º H. 28230 Las Rozas (Madrid)
Impresión y encuadernación: LITOGRAFÍA ROSÉS, S.A.
C/. Energía, 11. 08850 Gavá (Barcelona)
Fecha impresion para Argentina: 1.2.10
Distribuidor exclusivo para España: LOGISTA
Distribuidor para México: CODIPLYRSA
Distribuidores para Argentina: interior, BERTRAN, S.A.C. Vélez
Sársfield, 1950. Cap. Fed./ Buenos Aires y Gran Buenos Aires,
VACCARO SÁNCHEZ y Cía, S.A.
Distribuidor para Chile: DISTRIBUIDORA ALFA, S.A.

Capítulo 1

DESDE que Penny miró a Stephano Lorenzetti a los ojos supo que estaba metida en un buen lío. Nunca había visto unos ojos de un marrón tan intenso, unas pestañas tan largas y brillantes, o unas cejas tan oscuras y sedosas. Su mirada era tan penetrante que daba la impresión de que le desnudaba el alma; como si intentara averiguar qué clase de persona era antes incluso de que dijera nada.

Le fue imposible ignorar el torrente de sensaciones que le corría por las venas; el sofoco que sintió de pronto, o la repentina e inusual sensación de alarma. Sin embargo, no era más que una impresión suya. Aparte de eso, Stephano Lorenzetti era un hombre muy sexy.

–¿Señorita Keeling?

También tenía una voz grave y sensual. Penny pensó que todo en él despertaba unos sentimientos que llevaba mucho tiempo dominando.

Penny asintió, porque no confiaba mucho en que le saliera la voz. Se dijo que no recordaba haber sentido emociones tan fuertes nada más conocer a una persona; sobre todo sabiendo que iba a trabajar para él. ¡Qué tontería por su parte!

–Tiene lengua, ¿verdad? –preguntó él con un leve retintín, acompañado de una expresión ceñuda.

¡Madre mía, qué ojazos...!

Sin embargo, su pregunta y el tono tuvieron el

efecto deseado, y Penny despertó de su ensoñación y recuperó la compostura.

–Sí, soy la señorita Keeling.

Penny se puso derecha, pero él le sacaba casi una cabeza.

–¿Mira a todos sus jefes como si fueran de otro planeta?

Penny no sabía si estaba de broma o en serio; de todos modos, intentó tranquilizarse.

–No suelo, señor Lorenzetti.

–Así que soy una excepción. ¿Hay alguna razón para eso?

No sólo era un bombón, sino que además hablaba inglés con un atractivo acento italiano. Mientras se estremecía de emoción, Penny se preguntó si sería aconsejable trabajar para un hombre que la afectara de tal modo, incluso antes de conocerse. Tal vez incluso fuera mejor dar media vuelta y salir de allí a toda velocidad.

–Yo... no lo esperaba así.

–Entiendo –dijo él–. No soy el padre común y corriente. ¿Es eso?

Penny aspiró con fuerza.

–Suele ser la madre del niño o de la niña la que se ocupa de contratar a una niñera, habitualmente para poder reincorporarse al trabajo; o a lo que sea –añadió sin poderlo evitar.

Había trabajado para mujeres muy ricas que preferían mantener una intensa vida social en lugar de educar a sus hijos.

–¿La agencia no le ha dicho que no hay una señora Lorenzetti?

–No –respondió ella, sorprendida.

Normalmente, la agencia solía proporcionar algunos detalles de la familia, que por su parte la entrevistaría antes de contratarla, para asegurarse de que era la adecuada. Pero en ese caso había tenido que presentarse con urgencia, y no le habían hecho ninguna entrevista.

–Viene con mucha recomendación –afirmó él mientras arqueaba la ceja.

Penny se reprendió por su falta de profesionalidad. Bien mirado, su comportamiento distaba mucho del habitual en ella.

Y todo porque aquel hombre era guapísimo.

–Aunque empiezo a tener mis dudas de si estará o no preparada para llevar a cabo este trabajo –añadió él en tono seco–. De todos modos, tengo una reunión de negocios a la que ya llego tarde, así que si le parece bien venga a la cocina y le presentaré al ama de llaves. Esta noche hablaremos de todo con más detenimiento.

–Señor Lorenzetti –declaró Penny, que se puso derecha y lo miró de frente–. Le aseguro que estoy más que preparada para llevar a cabo este trabajo, como dice usted –le plantó un sobre en la mano–. Aquí tiene mis referencias; usted mismo comprobará que...

–¡No son necesarias! –declaró él en tono imperioso–. Prefiero juzgar por mí mismo.

Penny se dijo que su reacción era lógica. En lugar de ignorar el magnetismo de su atractivo y comportarse como la niñera profesional que era, se había quedado mirándolo como una boba.

Esa mañana había llegado a su casa con cierta expectación. La agencia para la que trabajaba le había hecho hincapié en lo importante que era ese trabajo. El señor Lorenzetti era el presidente de la agencia de publicidad que llevaba su nombre, una empresa de renombre internacional, y si su trabajo le complacía, podría tener consecuencias muy positivas para la agencia que la había enviado allí.

Él vivía en las afueras de Londres en una mansión enorme en medio de una finca impresionante. Después de cruzar una verja con sistema de apertura electrónico, había atravesado cientos de metros cuadrados de bosques y jardines. Decir que estaba impresionada habría sido decir poco.

La mansión, un precioso edificio de tres plantas e innumerables habitaciones, no tenía que envidiar al resto del conjunto.

–Tengo entendido que su última niñera se marchó inesperadamente, ¿no es así? –le preguntó mientras recorrían metros y metros de pasillos a toda prisa.

Mientras recorrían la casa, Penny se fijó en su jefe. Stephano Lorenzetti vestía un elegante traje gris oscuro y camisa blanca, ambos de Savile Row, estaba segura; pero poco hacían por ocultar un cuerpo esbelto de músculos definidos. Aquel hombre debía de hacer mucho ejercicio, y no era de extrañar, porque para trabajar la cantidad de horas que trabajaba había que hacer muchísimo deporte para estar en forma. Le habían dicho que salía de casa a las siete de la mañana y que siempre llegaba de noche. Eso le había bastado para saber que el empresario no veía mucho a su hija.

–Eso es. Y si le parece que éste no es trabajo para usted, entonces me gustaría que me lo comunicara ahora mismo.

Se detuvo tan repentinamente que Penny se chocó con él. De inmediato, Stephano Lorenzetti la sujetó con sus brazos fuertes para que ella no se cayera; un par de ojos de mirada intensa miraron los suyos fijamente. Sin darse cuenta, Penny aguantó la respiración unos instantes, mientras se perdía en la magia de aquellos ojos... Cuando se dio cuenta de lo que estaba haciendo, se retiró de inmediato.

Percibió el aroma de la colonia más irresistible que

había olido en su vida. Era un aroma fuerte, como el hombre que la llevaba, aunque no mareante.

–Naturalmente que haré el trabajo lo mejor que pueda. Soy una niñera de vocación, y su hija estará perfectamente bien conmigo... ¿Por cierto, dónde está ahora? ¿No cree que deberíamos...?

–Chloe sigue en la cama –dijo él en tono arisco–. No veía razón para despertarla. Mi horario de trabajo es muy irregular, por decir algo, pero Chloe necesita rutina, como estoy seguro que entenderá. Emily, el ama de llaves, le enseñará la casa; y después espero de usted que se ocupe de preparar a la niña y de llevarla al colegio. No he visto que trajera equipaje, pero imagino que sabrá que mi deseo es que viva usted aquí, en mi casa.

Penny asintió.

–Esta mañana he venido con mucha prisa –respondió Penny, esperando que él la entendiera–. Se me ocurrió que me ocuparía de traer mis cosas cuando llevara a la niña al colegio.

Según la agencia, la niñera anterior se había marchado de repente el día antes; aunque Penny no entendía por qué el señor Lorenzetti no se había tomado el día libre para hacerle la entrevista. De todos modos, le habían ofrecido un salario inmejorable, e iba a ganar mucho más de lo que había ganado en otras casas.

Stephano Lorenzetti murmuró algo en voz baja en italiano y continuó su carrera hacia la cocina.

Emily era una mujer fuerte de baja estatura, de unos cincuenta y tantos años. Tenía las mejillas sonrosadas y el pelo corto y canoso y, a juzgar por cómo miraba a su jefe, estaba claro que lo adoraba.

Penny no fue consciente de la intensa presencia de Stephano Lorenzetti hasta que éste no se marchó. Pero Emily notó su alivio y la miró sonriente.

–Bienvenida al hogar del señor Lorenzetti. Quiero que sepas que es maravilloso trabajar para él. Espero que te sientas feliz aquí.

Penny no entendió por qué el ama de llaves la recibía con más amabilidad que el dueño de la casa.

–¿Siempre es así de desagradable? –le preguntó impulsivamente–. Me ha dado a entender que no estaba muy seguro de que yo sea capaz de hacer bien mi trabajo.

–Eso es porque ninguna de las niñeras que ha empleado hasta ahora ha durado más de unas semanas.

Penny frunció el ceño.

–¿Chloe es una niña muy difícil? ¿O acaso es por él?

Para ella ese hombre sí que era un problema; porque sin ir más lejos, era demasiado guapo y demasiado sexy para ser el jefe. La impresión que le había causado el dueño de la casa aún la perturbaba. Penny se dijo que ni siquiera Max la había afectado de ese modo; y eso que entonces ella había pensado que era el hombre de su vida.

Emily se encogió de hombros.

–El señor Lorenzetti es un hombre muy justo con todos sus empleados. Yo lo sé porque llevo ya mucho tiempo con él. Es el horario lo que no le gusta a la gente. La mayoría de las niñeras que han pasado por aquí eran jóvenes y tenían novio, y no querían estar de servicio las veinticuatro horas del día. Es comprensible.

–¿Eso es lo que espera él? –preguntó Penny con los ojos muy abiertos.

No era de extrañar que pagara tan bien. Ese hombre quería chuparle la sangre.

–Él se desentiende de eso totalmente –declaró Emily–. Si sientes que te exige demasiado, tendrás que decírselo. Yo lo hago de vez en cuando.

Emily tenía derecho a hacerlo porque sería como un miembro más de la familia; sin embargo ella no estaba en la misma situación. Le entraron ganas de preguntarle qué le había pasado a su esposa, pero le pareció demasiado pronto para empezar a hacer preguntas. A lo mejor tampoco había podido soportar sus largas horas de trabajo...

–¿A qué hora suele levantarse Chloe? –preguntó Penny mientras echaba un vistazo al reloj.

–A las siete y media –respondió Emily–. Tarda un rato en despertarse. Mira Penny, si quieres que Chloe llegue puntual al colegio tendrás que espabilarte. Ahora te voy a llevar a que la conozcas.

Stephano no era capaz de dejar de pensar en Penny; incluso en medio de una importante reunión. Penny no se parecía en nada a las niñeras anteriores que había contratado. Para empezar, tenía personalidad; y eso podría resultar interesante, ya que a él le gustaba conversar, y sobre todo admiraba el coraje en una mujer.

Además de eso, Penny era una preciosidad. Tenía el pelo largo y rubio natural, si no recordaba mal, los ojos muy azules, las pestañas largas y rizadas, una nariz pequeña y chata y unos labios sensuales.

También se había fijado en que no poseía esa delgadez que tanto ansiaban la mayoría de las mujeres jóvenes; a él los palos no le decían nada. Penny Keeling estaba muy bien hecha y tenía curvas donde tenía que tenerlas. Sólo de pensar en sus pechos apuntando bajo la blusa de algodón fino le subió el nivel de testosterona.

Le sorprendió mucho recordar tantos detalles de la nueva niñera, pero a la vez eso le inquietó, porque no quería pensar en ella de ese modo. Además, ya tenía bastantes cosas en la cabeza; no necesitaba ninguna más.

El caso fue que pensó en ella, y esa noche, cuando llegó a casa, se quedó decepcionado al ver que no estaba. Le habría gustado charlar un rato con ella, enterarse de sus gustos, de lo que esperaba del trabajo y de cuáles eran sus aspiraciones.

Jamás había pensado de ese modo en ninguna otra niñera que le hubiera enviado la agencia; pero Penny Keeling era distinta. Era, sin lugar a dudas, una mujer muy intrigante; y Stephano estaba deseando conocerla mejor.

Cuando Penny llevó a Chloe al colegio volvió al piso que compartía con una amiga y empezó a hacer las maletas.

–¿Te das cuenta de que tendré que buscarme otra compañera de piso? Mi economía no me permite vivir sola –añadió Louise.

Penny asintió.

–Pareces muy segura de que ese trabajo te va a gustar. Ya te ha pasado otras veces que...

–Estoy segura –respondió Penny con firmeza.

¿Y cómo no estarlo con un sueldo como aquél? Era el sueño de cualquier chica.

–¿Y dices que se llama Lorenzetti...? Un momento... ¿No será por casualidad Stephano Lorenzetti, el que sale siempre en los programas del corazón? –dijo su amiga–. El que siempre va con alguna modelo del brazo.

–El mismo –concedió Penny, que sonrió al ver la cara de su amiga.

–No me extraña que hayas aceptado el empleo. ¡Yo en tu lugar habría hecho lo mismo!

Penny sonrió.

–No voy buscando un hombre como haces tú, Louise.

–La vida es demasiado corta, y hay que disfrutar –dijo la otra con expresión resuelta–. Tú te equivocaste una vez, pero eso no quiere decir que te vuelva a pasar, Penny. Llevas sola demasiado tiempo.

–Eres incorregible –Penny se echó a reír–. Y yo me voy ya. Nos veremos pronto, Louise.

Horas después, Penny estaba sentada en su sala de estar privada, una habitación lujosamente amueblada con antigüedades y cortinas de brocado. Los grandes ventanales daban a una de las zonas verdes que rodeaban la casa. A un lado de la sala estaba su dormitorio, y al otro el de Chloe.

Chloe era una niña encantadora, una charlatana de cinco añitos que ya le había dicho a Penny que ella le gustaba más que las otras niñeras.

Cuando Penny oyó el coche de Stephano, enseguida se lo imaginó entrando en la casa, dejando su americana en el respaldo de alguna silla y tal vez acercándose después al mueble bar a servirse una copa. Imaginó su cara de ángulos prominentes, su nariz recta y sus labios firmes. ¿Estarían sus facciones relajadas, o tal vez tensas tras las tareas de la jornada?

Se preguntó si habría comido o no; y al momento su propia tontería le hizo reír. ¿Qué más le daba? Emily había preparado un suculento rosbif con patatas y verduras, y Penny había dejado el plato limpio. Incluso Chloe se lo había comido todo.

En la mayoría de las casas donde había trabajado, Penny había tenido que cocinar para los niños a su cargo; que le dieran la comida hecha era una novedad. Aún no sabía si eso era lo habitual; pero de ser así, se preguntó qué podría hacer mientras Chloe estaba en el colegio. Definitivamente, tendría que comentar algunas cosas con el señor Lorenzetti.

Él le había dicho que hablarían esa noche. Se preguntó si debería ir directamente a hablar con él, o si por el contrario debía dejarlo solo un rato. Se dijo que no sabía nada de su nuevo jefe; salvo que se le aceleraba el pulso cada vez que lo veía.

En ese mismo momento, Penny se sobresalto al oír unos firmes golpes a la puerta de su cuarto.

—¡Señorita Keeling!

¡Ah, qué voz! ¡Qué maravillosa voz!

Penny sintió el cosquilleo del nerviosismo en los dedos, y se quedó paralizada unos instantes. De pronto no podía levantarse, no podía moverse del asiento. Era de locos sentir todo eso con un hombre al que acababa de conocer, y de lo más insensato si se tenía en cuenta que ese hombre era su nuevo jefe.

¿Pero cómo iba a ocultar sus emociones? ¿Y si se le notaba en la cara? Pasaría muchísima vergüenza... ¡Por amor de Dios! Ella era una profesional, no una colegiala tontorrona enamorada de su profesor.

Cerró los ojos y aspiró hondo, tratando de calmarse... Cuando los abrió, se sorprendió al ver a Stephano Lorenzetti delante de ella.

—¿Me estaba ignorando, señorita Keeling?

Ignorando no; más bien intentando prepararse para la oleada de sensaciones que se le echarían encima. Y eso fue lo que pasó. Stephano llevaba la camisa remangada, dejando al descubierto un par de brazos fuertes y morenos. Además, se había desabrochado unos cuantos botones del cuello, de modo que a Penny se le fueron los ojos sin querer y se quedó embobada contemplando su pecho fuerte y su piel lisa y bronceada. El deseo de acariciarlo fue tan fuerte, que le pareció que le faltaba el aire.

–No me atrevería, señor Stephano –respondió ella, sorprendida de que su tono fuera lo suficientemente firme como para no delatar los derroteros de su imaginación.

Él arqueó las cejas bien dibujadas y la miró fijamente con aquel par de ojos de mirada intensa.

Con la mirada le dijo que no había creído ni una palabra, y para disimular Penny se puso de pie inmediatamente.

–Estaba pensando precisamente en bajar a verlo; porque me había dicho que teníamos que hablar, ¿verdad?

–Eso es –respondió él con brusquedad–. Pero ya que estamos aquí, hablaremos en su sala.

Antes de que ella pudiera mover un músculo, él se había sentado en una butaca junto a la suya. Las dos butacas que había en el cuarto estaban demasiado acolchadas y no resultaban cómodas, y Penny estuvo a punto de sonreír al ver la cara que ponía Stephano.

–Estas butacas son demasiado incómodas –dijo mientras se levantaba de nuevo–. Llamaré a un tapicero para que las arreglen de inmediato.

Penny supuso que todas las habitaciones de la casa habían sido amuebladas y decoradas por un diseñador cuya idea principal no había sido el confort, tan sólo la belleza. Eran unas butacas preciosas, pero...

–Vayamos abajo, allí estaremos más cómodos –resolvió Stephano–. Aquí no nos podemos sentar a gusto.

Salió de la habitación, y Penny se limitó a seguirlo. Por el camino, no dejó de fijarse en él, en sus hombros anchos bajo la tela de la camisa, en su espalda musculosa, y en el trasero bajo la tela del pantalón, que enfatizaba sin ceñir demasiado su atlético físico.

Se preguntó si haría mal en fijarse así en su nuevo jefe. Penny se dijo que ante todo debía disimular todo aquello lo mejor posible si no quería perder el empleo.

Penny no sabía por qué aquel desconocido la atraía tanto. Además, su amiga le había dicho que Stephano Lorenzetti tenía fama de mujeriego.

De lo que estaba segura era de que a su jefe no le haría ninguna ilusión que la niñera de su hija se fijara en él de esa manera.

La condujo a su sala de estar privada, una habitación relativamente pequeña en comparación con el resto, donde había unas preciosas butacas de cuero negro y donde la cristalera accedía a un patio lleno de tiestos de begonias de todos los colores imaginables. En uno de los lados había un seto de madreselva cuyo aroma perfumaba el ambiente.

Penny aspiró con deleite mientras se acomodaba en una de las butacas.

–Qué bien huele.

–Me encanta este momento de la noche –dijo él–. Se respira tanta paz. ¿Le apetece tomar algo?

A Penny le habría gustado mucho, pero sacudió la cabeza. No era el momento de distraerse. Además, él ya embriagaba sus sentidos bastante.

–Tiene una hija preciosa, señor Lorenzetti.

Él asintió y esbozó una sonrisa.

–Gracias. ¿Qué tal le ha ido hoy con ella? –Stephano estiró las piernas, relajándose visiblemente.

–Desde el primer momento hemos hecho muy buenas migas. Le he gustado, creo; y a mí me ha gustado ella. No tiene nada que temer; cuidaré bien de Chloe.

–Me alegra oírle decir eso, porque ella lo es todo para mí.

Stephano tomó su copa, que debía de haber dejado en la mesa cuando había ido a buscarla; y sin poder evitarlo, Penny notó que tenía unos dedos muy bonitos y unas manos perfectamente arregladas y cuidadas. De

pronto le vino una imagen intensa aunque breve de
esas manos acariciándola...

El mero pensamiento desató una tormenta tan potente en su interior que le costó muchísimo ignorarlo.
Fantasear con ese hombre era una peligrosa ocupación; una ocupación de la que haría bien en olvidarse.

–Necesito que me cuente exactamente cuáles son
mis responsabilidades –Penny se puso derecha, con la
esperanza de dar una imagen de eficiencia–. Pensaba
que tendría que hacerle la comida a Chloe, pero parece que eso lo hace su ama de llaves.

–Emily se encarga de cocinar y de la colada –dijo
él–, y tengo contratadas a varias personas que vienen
varias veces en semana para ayudar con las demás tareas. Por supuesto querré que le prepare la comida a
mi hija cuando Emily tenga el día libre. Para serle sincero, señorita Keeling, no estoy muy seguro de cuáles
son los deberes de una niñera. Yo...

Stephano Lorenzetti dejó de hablar, como si hubiera decidido no continuar con lo que fuera a decir.

–Naturalmente, deseo que se ocupe del bienestar de
mi hija, pero cuando ella esté en el colegio, usted está
libre; y eso compensará el tener que levantarse temprano y el terminar un poco tarde. ¿Necesita tomarse
días libres? ¿Tiene novio?

–¿Cómo que si necesito tomarme días libres, señor
Lorenzetti? –preguntó Penny–. Es mi derecho. Nadie
trabaja siete días a la semana –dijo ella con más brusquedad de la deseada.

Penny achacó la reacción a su evidente nerviosismo.

–Digamos que su horario es flexible –concedió él–.
Pero si tiene novio, debo pedirle que no lo traiga aquí.

Penny lo miró con gesto desafiante.

–No tengo novio. ¿Pero no debería haberse infor-
mado de eso antes de contratarme?

Él se encogió de hombros ligeramente.

–Soy nuevo en esto.

–¿Entonces se va inventando las reglas por el camino? –le preguntó.

Él frunció el ceño y apretó la mandíbula.

–¿Está cuestionando mis valores?

Penny aspiró hondo.

–Si mi trabajo depende de ello, no; pero estoy segura de que me entenderá, señor Lorenzetti.

Para sorpresa suya, él se echó a reír.

–Touché, Penny. ¿Puedo llamarte Penny?

¡Ah, Dios mío, qué bien sonaba su nombre en labios de Stephano Lorenzetti! Su marcado acento italiano le daba un toque sensual y misterioso, y tan romántico... Penny se dijo que haría bien en acostumbrarse cuanto antes.

–Sí –concedió ella sin mirarlo.

Para no mirarlo, Penny se fijó en el patio tras la cristalera abierta, en los colores del cielo al atardecer. El sol había desaparecido, pero sus efectos curiosos, extraños; al igual que la situación en la que ella se encontraba repentinamente.

Stephano no sabía por qué sentía lo que sentía en ese momento. Su reacción le fastidiaba mucho porque no quería que la niñera le resultara tan atractiva. Él había tenido muchas novias en los años que había estado solo desde que lo dejara su mujer; pero con ninguna había ido en serio. Todas sabían que para él había sido un juego.

Pero Penny no entraba en esa categoría. Para empezar era su empleada, y uno de sus lemas era no mezclar jamás los negocios con el placer. Además, le daba la impresión de que a ella no le iban los líos pasajeros. Aún no la había estudiado bien, pero parecía de esa clase de mujer que no se conformaría con otra cosa que no fuera una relación seria.

Ella se uniría al hombre de sus sueños, y Stephano se dijo que sería un hombre afortunado, ya que Penny era sin duda el sueño de todo hombre. La señorita Keeling era guapa, inteligente, capaz, interesante... Se le ocurrían multitud de adjetivos para describirla, y no podía olvidarse de lo sexy y provocativa que le resultaba... Stephano dejó de pensar y se tomó el whisky de un trago.

–Aquí hace un poco de calor, ¿no te parece? –dijo mientras se ponía de pie–. ¿Te importa si seguimos hablando fuera?

¡Fuera respiraría mejor! Y podría apartarse un poco más de ella.

Penny sonrió con consentimiento y se puso de pie de un salto.

–Tiene una casa y una finca maravillosas, señor Lorenzetti. Me encantaría pasear por sus jardines.

–Stephano. Por favor, tutéame –sugirió él en tono suave.

–Preferiría no hacerlo; es un poco demasiado informal para nuestra situación –respondió ella con prontitud.

Stephano percibió que sus ojos cambiaron de color, del azul claro al amatista, a la suave luz del ocaso. De pronto le parecieron más dulces y vulnerables...

¡Pero no...! ¡No debía fijarse en nada de eso...!

–No puedo permitir que me llames señor Lorenzetti cuando estamos a solas.

–¿Y si lo llamo *signor* Lorenzetti? –preguntó ella con sorna.

Éste se fijó en el brillo de sus ojos de nuevo. Tal vez ella no lo supiera, pero era tan guapa, tan coqueta y provocativa. Supuso que no era consciente de ello. Seguramente se quedaría horrorizada si supiera lo que él estaba pensando, y cómo estaba interpretando su comportamiento.

–Háblame de ti –le pidió él, consciente de que tenía la voz ligeramente más ronca que de costumbre–. Sé muy poco de ti... salvo que tus referencias son inmejorables, y que no tienes novio –añadió mientras torcía los labios–. ¿Por ejemplo, dónde vives?

–Comparto piso con otra persona en Notting Hill. O lo compartía, porque lo dejé hoy.

–Entiendo. ¿Con una amiga o con un amigo? –preguntó, sin darse cuenta de su indiscreción.

Además, ya le había dicho que no tenía novio.

–¿Quiere meterse en mi vida privada, señor Lorenzetti?

Su pregunta lo sorprendió, pero al ver el brillo en los ojos de Penny, la sorpresa dio paso al una sonrisa.

–Soy una persona muy curiosa. ¿Tienes familia, Penny? Por supuesto, no me lo tienes que contar si no quieres. Pero siempre me gusta saber de la vida privada de mis empleados; me gusta preguntarles por sus esposas, esposos o parejas, porque si hay un problema en casa siempre puede afectarles en el trabajo, y a lo mejor es el momento para hacer concesiones. Creo que mi interés ayuda a mejorar las relaciones laborales.

Ella lo miró con incredulidad unos segundos, antes de echarse a reír, y fue un sonido tan musical el de su risa que él también tuvo ganas de echarse a reír, de levantarla en brazos y dar vueltas con ella... Stephano se quedó asombrado porque sobre todo quería besarla...

¡Pero qué tonterías estaba pensando!

–En ese caso, si va a mejorar la relación y comunicación entre nosotros, la respuesta a tu pregunta sobre la persona con la que he compartido piso es que es una chica –lo miró de reojo para ver cómo se lo tomaba.

Él hizo como si no se hubiera fijado.

–Y en cuanto a si tengo familia... –continuó Penny–.

Mi padre murió cuando yo tenía la edad de Chloe. Y mi madre murió hace un par de años; llevaba enferma mucho tiempo. Pero tengo una gemela que tiene una niña de seis años y un bebé recién nacido. Voy a verlos a menudo, y quiero mucho a los niños.

En ese momento iban por el camino de piedra que llevaba hasta el lago. Era el lugar favorito de Stephano, y a menudo se sentaba allí a meditar, sobre todo en ese momento del día. Además, sentía curiosidad por ver la reacción de Penny cuando viera el lago.

No fue la esperada.

–¿Pero qué es esto? No me había dicho que hubiera un lago, señor Lorenzetti... No me parece un sitio muy seguro para Chloe. Debería estar vallado.

No recordaba haberse sentido tan desinflado en su vida... o de pronto tan horrorizado; porque no se le había ocurrido que aquél pudiera ser un sitio peligroso. Se preguntó si alguna de las demás niñeras habría dejado jugar a Chloe allí sola. Se puso nervioso sólo de pensar en lo que podría haber pasado.

–Lo haré –declaró–. De inmediato, además.

«Mio, Dio, sono un idiota».

–Aparte de eso –dijo Penny, con cierto humor– es un sitio precioso.

–Sobre todo a esta hora de la noche –añadió él.

Pero en lugar de mirar el lago, la miró a ella. Y cuando Penny se volvió a mirarlo, a Stephano le pareció tan adorable que sólo pudo pensar en besarla y abrazarla... sin pensar en las consecuencias.

Penny vio la intención en la expresión de Stephano Lorenzetti y se dijo que tenía que actuar con rapidez, si no quería caer ella también en la tentación. Si lo hacía se quedaría sin empleo en un abrir y cerrar de ojos, y sabía no encontraría otro igual de bueno.

Aquél era un rincón para los amantes, sobre todo en

una noche tan mágica y silenciosa como ésa. La tentación estaba en todas partes.

Si bien estaba segura de que Stephano Lorenzetti había estado a punto de besarla, no debía olvidar que el guapo de su jefe no tendría en mente nada serio; tan sólo utilizarla de pasatiempo. Y Penny había decidido que eso no era para ella. Tenía muchas amigas que se apuntarían enseguida; amigas, como Louise, que la tacharían de estúpida por no querer lanzarse. Los millonarios siempre mimaban y agasajaban a sus novias con caros regalos. Así no se sentían mal cuando las plantaban.

¡Pues a ella no volverían a dejarla plantada! La única relación que tendría con Stephano Lorenzetti sería basada en lo puramente profesional.

–¿Llevas mucho tiempo viviendo aquí? –le preguntó ella mientras se apartaba de él con la excusa de observar unos patos al otro lado del lago, y que con sus graznidos habían roto el manso silencio.

Él no respondió a su pregunta.

–¿Por qué no tienes novio? –preguntó él–. Siendo tan bella, sería lógico que tuvieras un montón haciendo cola a tu puerta.

Penny se encogió de hombros.

–Los hombres no me interesan. Soy una chica de carrera.

–¿Quieres ser niñera toda la vida? –preguntó él, como si fuera algo horrible.

–¿Por qué no? –respondió ella.

–No lo creo –declaró con firmeza–. Eres demasiado guapa como para convertirte en una vieja solterona. Lo he expresado bien, ¿no?

Penny sonrió y asintió. ¡Una vieja solterona! No habría esperado oírle utilizar una expresión tan anticuada.

—Un día aparecerá tu príncipe azul y te enamorarás de él. Y antes de que te des cuenta, estarás casada y con un montón de niños que cuidar; pero esos serán tuyos. Imagino que será más satisfactorio que cuidar de los ajenos.

—Y usted se tiene por un experto en la materia, ¿no? Un hombre que necesita una niñera para cuidar de su propia hija.

Penny vio que fruncía el ceño y entendió que había metido la pata; sin embargo, no fue capaz de morderse la lengua. Él había tocado un tema delicado, porque ella quería tener hijos; pero no los tendría hasta que no conociera al hombre adecuado. Y desde su desastrosa relación pasada, no dejaba de pensar que tal vez nunca conociera a alguien que le gustara lo suficiente.

—Dígame, señor Lorenzetti, ya que le gusta tanto que seamos sinceros, ¿qué le pasó a su esposa? ¿Le dejó por pasar tantas horas fuera de casa?

Nada más decirlo, le pesó haberlo dicho. Cuando él respondió a su pregunta, ella sintió deseos de echar a correr, de desaparecer. Fue el peor momento de su vida.

Capítulo 2

MI ESPOSA está muerta –dijo Stephano con frialdad–. Y para tu información, no tengo intención de volver a casarme.

Y dicho eso, Stephano se levantó y emprendió el camino de vuelta a la casa.

Penny se quedó mirándolo unos momentos, con el corazón encogido. Se sintió fatal. ¿Cómo podía haberle hecho una pregunta tan estúpida y tan poco considerada? ¿Qué estaría pensando él?

Se había pasado de la raya, y no le sorprendería si él le pidiera que hiciera las maletas y se marchara. Pero como no quería irse, lo mejor sería ir corriendo a disculparse con él.

–Lo siento, no lo sabía... No le habría preguntado si...

Stephano se detuvo y se volvió a mirarla.

–¿Y no te pareció mejor enterarte bien de las cosas antes de juzgarme?

Su tono fue muy duro, y su mirada insondable.

Penny supuso que seguiría doliéndole, y que debía de tenerlo todavía muy reciente. A lo mejor por eso echaba tantas horas en el trabajo, y no pensaba en dedicarle a su hija la atención que merecía y necesitaba. Sin duda querría borrarlo todo de su mente, y el único modo de hacerlo era matándose a trabajar.

–Lo siento –repitió, con el pulso acelerado y apenada de verdad por él.

Sintió deseos de abrazarlo, de decirle que sólo el tiempo curaría las heridas. Dos años después, aún le dolía la muerte de su madre.

Pero él no querría oír esas palabras de sus labios; sólo necesitaba a alguien responsable para ocuparse de Chloe. Él tenía un negocio que dirigir, y no tenía tiempo para ocuparse de la niña. Además, no sabría hacerlo. Él era el que se ganaba el pan, el hombre de la casa.

–Olvídalo –dijo él, antes de volver a la casa.

Esa vez Penny no lo siguió, sino que esperó un momento antes de volver sobre sus pasos. Al llegar a la casa, subió rápidamente a su dormitorio.

Se preguntó cómo habría sido la esposa de Stephano. Cosa rara, no había ninguna foto de ella a la vista. Se dijo que a lo mejor él era de esas personas que no soportaba la muerte, que hacía como si no existiera...

Tenía tantas preguntas y tan pocas respuestas...

Al día siguiente, cuando Penny se levantó, Stephano ya se había ido a trabajar. Después de vestir a Chloe para llevarla al colegio, abrazó a la niña con fuerza.

Chloe se parecía mucho a su padre. Tenía el pelo negro como el azabache y los ojos marrones y muy grandes; a veces parecían tristes y apagados. Penny sabía que la niña debía de estar sufriendo por dentro, que tenía que estar confusa. ¿Porque cómo le explicaba uno a un niño de la edad de Chloe que su madre ya no volvería?

Pero ella no era quién para decir nada. Si Chloe quería hablarle de algo, la escucharía con atención; pero por su parte no tenía intención alguna de sacar el tema.

Después de dejar a Chloe, Penny le hizo una visita

a su hermana antes de volver a la mansión Stephano, como ella la llamaba. Era un poco raro que Stephano viviera solo en una casa tan grande; o bien celebraba muchas fiestas, o bien su esposa lo había hecho en vida.

En la parte de atrás de la casa había una hilera de plazas de garaje, de las cuales le habían asignado una para que aparcara su pequeño utilitario. A Penny le extrañó ver el elegante Aston Martin de Stephano allí aparcado. ¿Qué hacía en casa a esas horas? Miró el reloj y vio que ni siquiera era la hora de la comida.

–¿Dónde has estado? –le preguntó enfurruñado en cuanto Penny entró en casa.

Le dio la impresión de que había estado esperándola.

–Lo siento –se disculpó ella–. No sabía que tenía que informarte de mis idas y venidas. He ido a ver a mi hermana. Tú mismo me dijiste que durante el día tenía tiempo libre.

–Pensé en invitarte a comer.

Penny se quedó asombrada.

–¿A mí? ¿Por qué?

Una niñera que salía a comer con su jefe era algo poco habitual.

–Porque anoche no terminamos nuestra conversación –respondió él–. Pero si prefieres dejarlo... –se encogió de hombros.

–Siento mucho lo de anoche, yo...

Él la cortó.

–El tema está zanjado ya. Vamos, ve a dejar las bolsas; nos vamos en de diez minutos.

Después de cambiarse de zapatos, pintarse un poco los labios y echarse un poco de perfume, Penny bajó las escaleras con el corazón acelerado.

El vestíbulo de entrada era un espacio bello y elegante, con suelos de madera y espejos, flores frescas y sillas talladas a mano. Pero ella estaba ciega a todo eso, y sólo veía el rostro serio de Stephano; serio, pero increíblemente apuesto. No podía creer que fuera a salir con él. En todos los años que llevaba siendo niñera, nunca le había ocurrido nada igual.

Cuando la agencia le había preguntado si aceptaría ese empleo, ella lo había hecho sin reparos. Sin embargo, nadie le había hablado de Stephano Lorenzetti, ni le habían dicho que era uno de los hombres más ricos del país, ni mucho menos que fuera tan guapo.

Stephano observó a Penny que bajaba las escaleras. Se fijó en cómo estiraba el pie para dar un paso, y también en la suave tela de la falda que se le pegaba a los muslos, y después en sus tobillos delgados. La sangre parecía correrle por las venas a toda velocidad. Observó el suave bamboleo de sus pechos bajo el top de algodón estampado, y el corazón le dio un vuelco. Entonces levantó la vista y la miró a los ojos.

Ella sonreía.

Parecía feliz de salir con él, y eso a la vez le sorprendía y halagaba. La noche anterior le había hablado con dureza, y de inmediato le había pesado. Penny le había tocado un punto débil.

Un día tal vez le dijera que su esposa y él se habían divorciado hacía ya cuatro años, y que todo el amor que un día había sentido por ella, había desaparecido mucho antes. Helena nunca le había dicho siquiera que tenía una hija. De haberlo sabido, la habría ayudado, habría podido conocer a su hija; y no estaría en la situación en la que se encontraba en esos momentos.

Cuando había descubierto la verdad, había sentido incredulidad y rabia, y le había costado mucho aceptar que ella le hubiera hecho algo así. Nunca había sido consciente de lo mucho que ella lo odiaba. Sólo de pensarlo se le encogía el estómago.

Menos mal que estaba allí Penny. Le parecía una mujer valiente y apasionada, y afortunadamente no parecía interesada en él. Por lo menos le resultaba novedoso, refrescante. Estaba tan acostumbrado a que las mujeres estuvieran siempre pendientes de él, de que las mujeres lo adularan para terminar en la cama con él, que Penny era como un soplo de aire fresco.

Sin duda ella le tendría como un padre desnaturalizado, pero lo cierto era que se sentía perdido. No tenía ni idea de lo que uno tenía que hacer para educar a un niño; los niños eran un misterio para él.

—Muy bien —dijo—, una mujer que no tarda horas en arreglarse. Me dejas impresionado.

—No me he cambiado, espero estar bien. No iremos a ningún sitio demasiado elegante, ¿verdad?

Parecía un poco preocupada, y Stephano sonrió para tranquilizarla.

—No te preocupes por nada, estás estupenda.

¿De verdad había dicho eso? ¿Él? Debía de tener fiebre o algo parecido. Además, aquello no era una cita. Ella lo intrigaba, y quería saber más cosas sobre ella, pero eso era todo. Aun así, Penny no tenía obligación de contarle nada de su vida si no quería.

¡Aunque él tuviera ganas de enterarse de todo!

Había llamado a su chófer mientras Penny se arreglaba, y en ese momento la condujo fuera donde los esperaba el Bentley. Al ver su expresión de sorpresa, Stephano se sonrió, consciente de que su riqueza la sorprendía.

Él accedió por un lado y ella por el otro, y ambos se acomodaron en los suntuosos asientos de cuero color marfil. El suave perfume floral de Penny incitó sus sentidos de tal manera que Stephano no recordaba haber sentido nada tan intenso en mucho tiempo. Sólo supo que a partir de entonces ese perfume siempre le recordaría a ella.

Penny estaba nerviosa, y tenía las manos entrelazadas y apoyadas en el regazo, las rodillas y los pies juntos y la espalda recta. No había pensado que fueran a ir en un coche así con chófer; de haberlo sabido, se habría cambiado de ropa. Ella no estaba acostumbrada a tanto lujo, y en ese momento rezó para que su jefe no la llevara a un restaurante igualmente elegante.

–Relájate –le rugió al oído–. No te voy a morder, te lo prometo.

Penny se retiró, y aunque no vio su expresión ceñuda, supo que él se había molestado por un leve gesto de tensión que lo delató. No estaba acostumbrado a que una mujer se apartara de él; más bien lo contrario.

Por una parte, Penny no quería apartarse de él; y tenía que reconocer que en ese momento le habría apetecido muchísimo que él la estrechara entre sus brazos fuertes y calientes. Pero por otra sabía cómo acabaría eso. Para empezar ella no pertenecía a su clase, y Stephano se limitaría a utilizarla para abandonarla después; igual que había hecho Max. Penny no estaba dispuesta a volver a pasar por eso.

Los hombres no sentían las cosas del mismo modo que las mujeres; sus emociones no entraban en juego cuando tenían una aventura, y por eso eran capaces de cortar una relación sin sufrir las consecuencias de la ruptura. Sin embargo, para las mujeres no era lo mismo.

–¿Adónde vamos? –preguntó ella, horrorizada al percibir una nota ronca en su voz.

–A unos de mis bistros favoritos.

Penny pensó que un bistro no sería un sitio tan elegante, y se relajó un poco.

–¿Y por qué no conduces tú?

Él esbozó una medio sonrisa que le dio un aire infantil.

–Por el problema del aparcamiento. Ya sabes cómo es Londres.

–Podríamos haber tomado el metro –dijo Penny, que al instante se echó a reír al ver la cara de susto de Stephano–. Supongo que no habrás tomado nunca el metro.

–Últimamente, no –reconoció él.

Seguramente, desde que había hecho su fortuna, pensaba Penny.

–La verdad es que es agradable que la lleven a una así, en un coche como éste –dijo ella, botando suavemente en el asiento.

–Me he fijado que tu un coche es un poco viejo –comentó Stephano sin dejar de sonreír.

Penny se encogió de hombros.

–El sueldo de una niñera no da para comprarse un coche nuevo. Aunque, si me quedo contigo el tiempo suficiente, a lo mejor lo consigo y todo –añadió con frescura.

–Yo te compraré uno –dijo él de inmediato.

Penny se quedó mirándolo, boquiabierta; porque él lo había dicho como si no significara nada. Pero fuera como fuera, Penny no iba a permitírselo.

–Pareces sorprendida.

–Y desde luego lo estoy –respondió ella–. ¿Por qué ibas a hacer algo así? Mi coche está perfectamente bien; ahora mismo no necesito otro.

–¿Entonces rechazas mi oferta?

A Penny le pareció que Stephano se había ofendido de verdad.

–Totalmente.

–Algunas de las niñeras que he empleado no tenían

coche –le informó él–, así que hay uno en el garaje que compré sólo para que llevaran a mi hija de un sitio a otro. Puedes utilizarlo cuando quieras.

–No, gracias –respondió Penny enseguida–, pero te dejaré que me pagues la gasolina.

Él arqueó las cejas.

–Una mujer con principios. Menos mal, es un cambio de lo más refrescante. Me gusta.

Penny deseó que el corazón no le latiera tan deprisa, ni con tanta fuerza.

–Aún quedamos algunas –respondió con una sonrisa resuelta.

Si por lo menos no estuviera sentado tan cerca. Entre ellos había un pequeño espacio, pero no el suficiente. Penny notó el calor de su muslo, incluso con el aire acondicionado en marcha, y sus sentidos sintonizaron de manera alarmante.

Quería arrimarse a la puerta, pero no quería que él se percatara de su turbación. Sólo tenía que recordar que ésa era una comida de trabajo y que iban a hablar sobre su hija, nada más.

–Estás nerviosa todavía, Penny.

Ella volvió la cabeza con brusquedad. Stephano la observaba con aquellos ojos oscuros cargados de dulzura, como si quisiera tranquilizarla, y que dejara de retorcer las manos. Penny no podía creer lo que estaba haciendo, ni que se estuviera comportando de aquel modo tan extraño. Ella solía tener mucha confianza en sí misma, y normalmente nada la apocaba.

¡Salvo aquel hombre!

¿Qué tenía él que le hacía distinto a los demás, aparte de una enorme riqueza? Penny sabía que ésa no era la razón de su zozobra, de su nerviosismo. Stephano tenía *sex appeal* para dar y tomar, y era precisamente eso lo que le robaba la tranquilidad.

Jamás había conocido a nadie como Stephano Lorenzetti.

En el colegio, Penny había pasado años en el grupo de teatro. Y aunque nunca había actuado, en ese momento iba a tener que echar mano de lo que había aprendido allí. De modo que sonrió, se encogió de hombros y dijo:

–Me resulta extraño comer con mi jefe después de llevar sólo un día trabajando. Me siento como si estuviera en el punto de mira, como si fueras a interrogarme. ¿Es lo que vas a hacer?

–Hablaremos de lo que tú quieras –respondió él con tranquilidad, mientras la miraba fijamente con sus misteriosos ojos negros.

Para alivio de Penny, el coche se detuvo momentos después; pero nada más entrar en el bistro, empezó a ponerse nerviosa otra vez. Había pensado que un bistro era un lugar informal, con mesas en la terraza, y otras dentro, con manteles de cuadros y velas en tarros de cristal; bonito pero informal.

Pero aquello no tenía nada que ver con lo que ella había imaginado.

Para empezar, parecía un sitio muy caro. Tenía una sala amplia y espaciosa, donde se respiraba un ambiente formal y exclusivo. Los manteles eran de damasco blanco, y las mesas estaban bastante espaciadas. Cada una estaba adornada con flores frescas, y los cubiertos y demás utensilios eran de plata.

A pesar de todo, Penny levantó la cabeza y fingió estar acostumbrada a entrar con frecuencia en esos sitios tan estilosos.

¡Como si fuera cierto! Una comida allí seguramente se le llevaría el sueldo de una semana.

Un hombre saludó a Stephano calurosamente, dejando claro que era un cliente habitual.

–Yo no llamaría a esto un bistro –dijo ella cuando iban hacia la mesa.

–Para mí lo es –respondió él–. Hay un ambiente muy relajado, y la comida es exquisita –hizo un gesto con la mano–. Te gustará, te lo aseguro.

Quería preguntarle por qué estaban allí, y si tenía la intención de impresionarla. Esperaba que no estuviera detrás de nada más. Una cosa era que Stephano le gustara, y otra dejarse implicar.

Pero no tenía por qué preocuparse, porque Stephano era todo un caballero. Discutió el menú con ella, apasionadamente, y la comida resultó perfecta en todos los sentidos. Cuando terminaron de comer, Penny se había olvidado de todas sus preocupaciones y estaba totalmente relajada.

Habían hablado de todo un poco, salvo de temas personales. Ella le preguntó de qué parte de Italia procedía, y descubrió que era Roma; aunque llegado ese momento él se había mostrado más reservado. Por eso no se atrevió a preguntarle si sus padres vivían o no, o si tenía hermanos. Él, por su parte, se había enterado de que su color favorito era el marrón.

–¿El marrón? –dijo con incredulidad–. No puede ser. Te imagino de aguamarina, de celeste o de cualquier otro que destaque ese maravilloso color de ojos que tienes. ¿Te vistes alguna vez de colores así?

Sus palabras la sorprendieron. ¿En qué otras cosas se había fijado Stephano?

–Bueno, la mayor parte de mi ropa tiene los colores del otoño. Y éste –se miró la falda que llevaba puesta– es uno de mis conjuntos favoritos.

La blusa tenía un escote bastante generoso. Sintió que Stephano le miraba los pechos y notó un suave cosquilleo. ¿Qué sentiría si él se los acariciara? Sólo de pensarlo se le aceleró el pulso, y Penny aspiró hondo para mantener a raya las explosivas sensaciones.

Miró el reloj, en busca de una buena excusa para largarse cuanto antes.

–No quiero que se me haga tarde para ir a recoger a Chloe.

–Y yo debo volver al trabajo. Ha sido un placer comer contigo, Penny, he disfrutado mucho de tu compañía. Ahora siento que te conozco un poco mejor, y será un placer para mí que cuides de mi hija.

–Podrías ir a recogerla tú al colegio –dijo Penny con cautela–. A ella le encantaría.

Pero Stephano negó con la cabeza.

–Tengo otra reunión a las tres. Edward te llevará a casa. Yo puedo ir caminando desde aquí.

–¿Y estarás en casa antes de que se acueste Chloe? –le preguntó Penny.

–No estoy seguro. Seguramente no. Dale las buenas noches de mi parte.

–Chloe apenas te ve –dijo Penny–. Es injusto para ella que trabajes tantas horas. Sería estupendo si hicieras un esfuerzo para venir a verla.

De pronto se tapó la boca.

–Lo siento, no debería haber dicho eso; no es asunto mío.

–Desde luego que no es asunto tuyo –respondió él en tono fiero–. No estaría donde estoy hoy y Chloe no viviría como vive si no trabajara las horas que trabajo.

Penny estaba segura de que ya no le haría falta trabajar tanto, aunque no lo dijo en voz alta.

Sorprendentemente, no llegó tarde a casa. Chloe estaba ya acostada, pero eran sólo las ocho y diez cuando Penny terminó y se sentó fuera a leer un rato. Hacía una noche estupenda, y a través de los árboles en la distancia se distinguía el brillo del sol del ocaso en la superficie del lago. No podía dejar de dar gracias por haber encontrado un trabajo tan bueno como ése.

Muchas de sus amigas se habrían aburrido allí, pues les gustaban las fiestas, la música y la gente. Pero ella no echaba de menos nada de eso; al menos de momento. ¿O habría algo allí que le llamaba atención? ¿Tal vez el hombre de la casa?

Cerró los ojos y se imaginó su cara. Sólo de penar en él sentía un calor intenso en las entrañas, y echó la cabeza hacia atrás y se pasó la punta de la lengua por los labios resecos. ¡Cómo podían pasarle esas cosas!

–Penny.

Era una voz suave... y tan real...

Entonces notó una mano que le tocaba en el hombro.

–¿Penny, estás bien?

–¡Stephano!

Penny abrió los ojos como platos, sin darse cuenta de que lo había llamado por su nombre de pila.

–¡Qué susto me has dado! No te oí venir...

–Está claro –dijo con su voz aterciopelada.

Stephano tenía la voz más sensual que había oído en su vida, y sin querer se lo imaginó susurrándole palabras de amor. Estaba segura de que le haría ver el infinito sin tocarla siquiera.

¡Qué extraña situación!

–¿En qué pensabas?

–En nada –respondió ella rápidamente–. Has llegado a casa muy temprano.

Él torció el gesto.

–Te hice caso, y pensé en venir a ver a Chloe antes de que se acostara; pero parece que he llegado tarde.

–Sólo hace media hora que se ha acostado –le dijo Penny, mientras intentaba recuperar la compostura.

–Entonces estamos solos los dos.

Cosa rara, se le veía relajado; más joven, menos severo; y después de lo que había estado pensando antes, Penny sintió deseos de acariciarle la mejilla, de explorar el contorno de su rostro... de ver cómo besaba aquel hombre.

Desde que lo había dejado con Max no le había pasado nada así. Si se había encerrado en sí misma para protegerse, parecía que lo que sentía por él sólo conseguía sacarla de su encierro.

Sin embargo, no debía hacerlo, no debía enamorarse otra vez del hombre equivocado. Para Stephano ella sólo era la niñera de su hija, alguien que le quitaba un peso de encima, y una persona con la que divertirse un rato si surgía la oportunidad; nada más.

¿Pero por qué pensaba esas cosas? Él no había mostrado interés alguno en ella, ni inclinación alguna por besarla. Pero sabía que los hombres se aprovechaban de las situaciones.

Y se dio cuenta de que no se equivocaba cuando al momento él se acercó a ella tanto que sus labios estaban a meros centímetros de los suyos. Le vio los poros de la piel, y distinguió el suave aroma a madera de cedro; tenía el blanco de los ojos tan claro que Penny pensó que debía apartarse de él antes de dejarse cegar por su intensidad.

¡Santo cielo! Aquello no podía estar pasando de verdad. Sólo llevaba allí dos días. Era imposible que él se le echara encima de ese modo, que se arriesgara a asustarla.

Como ella había pensado, Stephano sonrió con satisfacción y se recostó en el asiento. Sin embargo, ella había delatado sus sentimientos; le había dado a entender que podría tomarla cuando quisiera.

–Disculpa, creo que será mejor que vaya a ver a Chloe –dijo ella mientras se ponía de pie de un salto.

Entró en la habitación de la niña, que dormía como

un angelito, con una sonrisa en los labios y su pelo negro, tan parecido al de su padre, extendido sobre la almohada. Era una niña muy dulce, y Penny no entendía bien por qué Stephano no le dedicaba más tiempo, ni por qué insistía en trabajar tantas horas, en lugar de disfrutar más de su hija.

Salía del cuarto de la niña con la cabeza agachada, meditando sobre lo que ella veía como una desdicha para Chloe, cuando se chocó con Stephano. El repentino contacto le dejó sin respiración, y aunque él la asió de los brazos con rapidez para que no se cayera, Penny sintió una debilidad en las piernas.

–¿A qué viene tanta prisa? –le preguntó, claramente preocupado–. ¿Le pasa algo a Chloe?

Penny negó con la cabeza. Todo iba bien, salvo lo que ella sentía en ese momento; una reacción que la sacudía por dentro.

–Entonces tienes que ser tú, o yo... o tal vez los dos.

Había humor en su mirada; pero antes de que ella pudiera adivinar sus intenciones, antes de que pudiera protestar, respirar siquiera, él inclinó la cabeza y atrapó sus labios con un beso tierno. Penny había imaginado que sus besos serían exquisitos, pero jamás habría anticipado el deseo que dominó su cuerpo, ni cómo todo empezó a darle vueltas, hasta que estuvo segura de que saldría despedida como un cohete si aquel hombre no se apartaba de ella.

Se había pasado años convenciéndose de que ningún hombre volvería a hacerle vibrar de emoción; sin embargo, se había equivocado.

Stephano se había colado en los lugares más recónditos de su vida, y como consecuencia volvía a ser una mujer con necesidades que debían ser satisfechas.

Cuando empujó una puerta y le urgió para que entrara, Penny se percató de que estaban en su dormitorio; pero de eso sólo parecía enterarse a medias, porque el resto de su pensamiento estaba en ese momento obnubilado y exaltado, presa de unos sentimientos que la empujaban a un abismo donde sólo importaba ese momento, como si quedara suspendido en el tiempo.

Y en lugar de enfrentarse a él, se dejó llevar por la sensación erótica de los besos de Stephano, mientras susurraba su nombre en sus labios, mientras el fuego que él mismo había encendido le consumía todo el cuerpo. Allí no cabía preguntarse qué demonios se había apoderado de ella; sólo deseaba ceder a las tórridas sensaciones que inflamaban sus sentidos.

Stephano la empujó hasta la cama y la abrazó mientras se tumbaban en el mullido colchón, mientras le sujetaba la cabeza en el hueco del hombro. Tenía una cama grande y cómoda, y Penny cerró los ojos y se olvidó de dónde estaba o de lo que estaba haciendo. Sólo importaba la sensación del cuerpo caliente de Stephano junto al suyo, el latido intenso de su ardiente pasión.

Con delicadeza, Stephano trazó la silueta de su cara con la punta de los dedos. La urgencia del beso había cedido, pero no dejó de besarla. Penny se relajó entre sus brazos, dejándose llevar por la magia del momento, pegándose a él todavía más.

Stephano buscó sus labios y le dio un beso que despertó de nuevo sus sentidos, que consiguió que se retorciera contra él y que pronunciara su nombre con anhelo. Hundió sus dedos entre sus cabellos y sintió tal emoción que le dio miedo. Apenas conocía a ese hombre, sin embargo estaba allí, en su cama, disfrutando de sus besos, como si fuera su amante.

Penny sacó fuerzas de flaqueza y empujó suavemente a Stephano. No podía permitir que pasara nada; porque se mirara por donde se mirara, era una auténtica locura.

Capítulo 3

TEMBLOROSA y enfadada, se apartó de él y lo miró con gesto acusador.

–¿Por eso se marcharon las niñeras que había antes? ¿Porque no fuiste capaz de quitarles las manos de encima?

–*¡Mio Dio!* ¿Crees de verdad que soy así? –Stephano se incorporó y avanzó hacia ella en silencio, con movimientos gráciles y potentes, como si fuera una pantera.

–Entonces dime que no es verdad –dijo ella con gesto desafiante, verdaderamente enfadada y agobiada–. Dime que me estabas besando porque te parezco atractiva, y no sólo porque estaba disponible y tú estás ardiente.

Lo miró a los ojos sin vacilar, tratando de ignorar al mismo tiempo lo que aún sentía por dentro.

–A mí me da la impresión de que tú no me has rechazado, al menos al principio –respondió él con tranquilidad–. Me ha parecido que el deseo era mutuo.

Tenía razón, pero no pensaba decírselo. Y como él no le había dicho que ella le pareciera atractiva, ahí tenía la respuesta. De pronto se sintió ridícula, y eso la enfadó todavía más.

–Como para confiar en un hombre... –murmuró, dirigiéndose hacia la puerta.

Pero a los pocos segundos sintió una mano pesada en el hombro, y Stephano le dio la vuelta para mirarla de frente.

–No permito que nadie me acuse de ese modo –dijo muy enfadado, paralizándola con una mirada furibunda.

Penny se quedó quieta, y notó se le formaba un nudo en el estómago; aunque hubiera querido avanzar, no habría podido.

–Los dos lo hemos deseado, y no puedes negarlo –añadió él con frialdad–. Tal vez te hayas sentido culpable, pero *nunca*, escúchame bien, nunca me acuses en falso.

–¿Así que ya está? –Penny lo miró con valentía, con la cabeza bien alta–. ¿O tengo que estar en guardia? ¿Quiero decir, si es posible que vuelva a ocurrir?

–Eso depende de ti.

Stephano la soltó y se separó un poco de ella; pero se le veía tenso y lleno de resolución.

Penny se estremeció. Estaba allí para hacer un trabajo, no para acostarse con el dueño de la casa. Él le había creído presa fácil, y ella había estado a punto de sucumbir.

Sintió náuseas sólo de pensarlo

–Si depende de mí, le aseguro, señor Lorenzetti, que esto no volverá a ocurrir.

Él inclinó la cabeza.

–Que así sea.

–Pues que así sea –respondió antes de darse la vuelta y seguir hacia la puerta.

Stephano se sonrió cuando Penny salía del cuarto. No le sorprendía que ella hubiera interrumpido su apasionado abrazo. Más bien le había sorprendido que Penny se hubiera dejado besar. No podía negar que la experiencia le había gustado. Penny era la tentación hecha carne; y tanto le gustaba que incluso empezaba a preguntarse si habría hecho bien empleándola.

Las otras niñeras habían sido severas y estiradas, y Chloe las había detestado tanto que se había comportado fatal. Sin embargo, parecía que su hija la adoraba, y Stephano estaba seguro de que la vida en casa sería mucho más estable estando allí Penny. Así que de momento tendría que dominar su deseo.

A mitad de la noche los gritos de Chloe llamando a su madre despertaron a Stephano. Había tenido pesadillas similares desde que había muerto su madre, aunque afortunadamente eran cada vez menos frecuentes. Stephano había empezado a pensar que la niña comenzaba a aceptar la pérdida.

Él no era un padrazo; en realidad, le costaba consolar a Chloe, y nunca sabía qué decirle. Supuso que sería porque apenas la había tratado en sus primeros años.

Sin embargo saltó de la cama, se puso una bata a toda prisa y segundos después estaba en el dormitorio de su hija. Penny ya estaba allí con ella. Stephano se quedó mirándolas un momento sin decir nada, maravillándose de lo bien que se le daba a Penny estar con Chloe y de cómo sus palabras parecían consolar a la pequeña; casi como si ella fuera ella su madre.

De pronto Chloe lo vio.

–Papi, he tenido un sueño malo. Penny me ha consolado.

Se acercó a la cama y miró a Penny, recordando entonces el beso que se habían dado. ¡Cómo olvidarlo, si su beso le había hecho sentir cosas que no recordaba haber sentido jamás! Pero ignoró esos pensamientos con resolución y fue a saludar a su hija.

–Entonces me alegro de haberla traído para ti, *mio bello*.

Chloe le tendió los brazos, y él la abrazó de inmediato, consciente de que Penny lo observaba con atención.

–¿Papi, puede dormir Penny conmigo?

Stephano se sintió un poco dolido. ¿Por qué Penny, y no él? Sabía la respuesta: no se había ganado el amor de su hija.

Miró a Penny y sintió de nuevo el golpe de deseo. Tenía que salir de allí antes de meter la pata.

–Si a Penny no le importa.

Penny lo miró con extrañeza, antes de sonreír a Chloe.

–Unos minutos, cariño.

–Entonces, os veo por la mañana a las dos –dijo Stephano mientras salía del cuarto.

Pero cuando se acostaba, se dijo que podría acabar haciendo el ridículo si Penny Keeling estaba cerca. Porque aparte de belleza, la joven poseía integridad.

Fuera lo que fuera lo que le había hecho sucumbir a su beso, no era su manera habitual de comportarse; de eso estaba seguro. Le daba la impresión de que Penny era una de esas mujeres que sólo se entregaban a un hombre del que estuviera profundamente enamorada, y el hecho de haber estado a punto de entregarse a él le había aterrorizado.

Lo mejor que podía hacer era distanciarse de ella, y la mejor manera de hacerlo era sumergirse de lleno en el proyecto en el que su empresa estaba trabajando en ese momento: una campaña a nivel mundial para otra empresa de más envergadura que hasta el momento siempre los había eludido. En esa ocasión estaban ya tan cerca de conseguirlo que estaba dispuesto a trabajar veinticuatro horas al día los siete días de la semana para asegurarse el contrato.

Penny se había dejado besar por Stephano porque empezaba a olvidar el daño que le había hecho Max. Max había sido también un hombre de negocios de éxito, y también había tenido a tantas mujeres como había deseado; en realidad, muy parecido a Stephano.

Penny lo había conocido en una fiesta, y cuando él le había dicho que era especial, ella se había enamorado locamente de él. Su aventura había durado seis meses, y ella había pensado que él acabaría pidiéndole en matrimonio. La impresión que había recibido cuando se había enterado de que se estaba viendo con otra le había repugnado totalmente.

En realidad ya le habían avisado de que no solía quedarse mucho tiempo con una sola mujer; pero Max le había dicho que ella era especial, distinta, y ella le había creído. Su belleza física la había deslumbrado de tal modo que no se había dado cuenta de que le habría dicho lo mismo a todas las mujeres con las que había salido.

Cuando finalmente Max la había dejado, ella había jurado que no volvería a ser juguete de nadie. Y así había sido... hasta que había conocido a Stephano.

Se dijo que éste sólo quería vivir una aventura con ella; se parecía demasiado a Max como para que fuera de otro modo. Pero Penny tenía que reconocer que los dos hombres no se parecían en nada. Stephano era un príncipe comparado con Max, y aunque Penny sabía que debía mantener las distancias, la atracción estaba ahí.

−¿Dónde están Penny y Chloe?

Era la tarde siguiente, y Stephano había regresado temprano a casa; pero salvo por su ama de llaves, allí no había nadie más. Llevaba todo el día pensando en Penny, y en cómo había respondido a sus besos, aunque luego se hubiera retirado y le hubiera culpado a él.

−En una fiesta de cumpleaños −respondió su ama de llaves.

−¿Se ha llevado a Chloe sin pedirme permiso? ¿Sin decírmelo?

Stephano sabía que podía confiar en Penny; pero sin saber por qué, no le hacía gracia que su hija le tomara demasiado cariño a la niñera.

–Estoy segura de que Chloe está bien –dijo Emily con calma–. Penny es una chica muy maja, y Chloe le ha tomado mucho cariño. Se ve que no está con ella como con algunas de las anteriores –terminó de decir la mujer con un resoplido de desaprobación.

–Lo sé, lo sé –concedió él–. Creo que no elegí muy bien antes. Aun así, Penny no tenía derecho a...

–Tampoco estabas aquí para preguntarte –le recordó Emily con sus modales habituales.

–¿Y dónde es esta fiesta? –quiso saber Stephano.

–En casa de su hermana. Es el cumpleaños de su sobrina.

–¿Tienes la dirección?

Emily asintió.

–Penny me la dejó por si acaso. También tengo el teléfono.

–Penny, alguien pregunta por ti.

Penny miró a su hermana extrañada.

–¿Quién es?

–El padre de Chloe –le informó Abbie en tono funesto.

Antes de que Abbie pudiera añadir nada más, la figura alta y esbelta de Stephano Lorenzetti apareció a la puerta.

–Por favor, Penny, me gustaría hablar contigo un momento.

Penny miró a su hermana y luego a Stephano.

–No esperaba que volviera de trabajar tan temprano.

–Está claro –respondió él en tono seco–. Ni tampoco se te ocurrió preguntar si quería o no que te llevaras a mi hija a la fiesta de cumpleaños de una desconocida, ¿verdad?

–No es una desconocida, es mi sobrina –respondió ella–. Y ésta es mi hermana.

Abbie arqueó las cejas.

—Encantada de conocerlo, señor Lorenzetti —pero evidentemente lo dijo sin ganas, y rápidamente se metió en la cocina.

—Sea o no la casa de tu hermana, me gustaría que cuando te lleves a mi hija a un sitio nuevo me lo comunicaras. He vuelto a casa para estar con ella, y me encuentro con que habéis desaparecido.

¡Para estar con Chloe! Penny lo dudaba mucho. Además, le dolió que no confiara en ella.

—No me enteré de que había una fiesta hasta que Abbie me llamó esta mañana. Fue una decisión impulsiva, y se me ocurrió que Chloe se lo pasaría bien... Apenas juega con niños de su edad.

Sólo de verlo se había puesto nerviosa otra vez, y Penny rezó para que no se le notaran los pezones tirantes bajo la tela de la camiseta.

—Podrías haberme llamado por teléfono —respondió él—. Tienes mi número.

—Me dejaste muy claro que sólo lo utilizara para una urgencia —alzó la cabeza, un poco dolida—. Una fiesta de cumpleaños no me parece una situación de emergencia.

Penny deseó que el corazón no le latiera tan deprisa; su reacción le hizo pensar que con ese hombre corría un serio peligro.

—Sea como sea, quiero saber lo que haces con Chloe. Me asusté al llegar a casa y no encontraros.

—Se lo dije a Emily.

—Sí, menos mal... ¿Por cierto, dónde está Chloe?

—¿Te la vas a llevar a casa? —le preguntó Penny con incredulidad—. Se lo está pasando de miedo. ¿Por qué no te quedas aquí con nosotros?

Lo dijo por decir, sabiendo muy bien que Stephano preferiría salir corriendo a quedarse con los niños. Penny no quiso que él notara su sorpresa y salió al jardín, donde había un grupo grande de niños dando vueltas, gritando y riendo.

Chloe estaba en medio del corro. Se la veía feliz y animada, y Stephano se sintió un poco culpable por entrar así. Su hija estaba bien allí. Debería haberlo sabido, haber confiado en Penny.

Y confiaba en ella. Sólo estaba frustrado. Había vuelto a casa temprano, porque Penny le había hecho sentirse culpable; pero también había tenido ganas de verla a ella, y al no encontrarla en casa, la decepción había sido doble.

Entonces se había presentado allí muy enfadado, y al ver lo contentos que estaban todos se había sentido ridículo. Aunque intentó disimularlo. Se quedó allí de pie y observó a los niños con seriedad; hasta que Chloe lo vio y fue corriendo a saludarlo.

—Papá, ven a jugar al escondite conmigo.

Pero Stephano no se imaginaba jugando al escondite con un montón de niños. Sacudió la cabeza con una sonrisa en los labios.

—He venido para llevarte a casa, Chloe.

A la niña le cambió la cara.

—¡Aún no, papi, por favor! ¡No me quiero ir, lo estoy pasando muy bien!

Y últimamente no lo había pasado bien; perder a una madre no era nada divertido. Así que Stephano suspiró, y cedió.

—Muy bien, nos quedamos un rato, pero sólo diez minutos más.

La niña se marchó corriendo muy contenta.

Cuando se dio la vuelta, Penny estaba ahí.

—Gracias —dijo ella en voz baja—, es la primera vez que veo a Chloe tan contenta.

—Echa de menos a su madre —dijo él.

Penny asintió.

–Nadie puede ocupar el lugar de una madre. Pero tú deberías aprender a relajarte más con tu hija; te sorprendería lo bien que lo puedes pasar.

–Creo que me lo pasaría mejor contigo, Penny –rugió en voz baja.

Penny sintió un latigazo de deseo y se ruborizó.

–Creí que eso lo habíamos dejado claro. No me prometiste que nunca...

–Sí –respondió sin dejarle terminar–. ¿Pero no son las promesas para romperlas? –añadió bajando el tono de voz.

El sonido de su voz le provocaba unos estremecimientos difíciles de contener; y Penny se angustió por tener que dominar su reacción instintiva.

Sería estúpido por su parte dejarse llevar, pero lo deseaba como no había deseado a nadie. Sabía que en ese momento no estaba utilizando la cabeza, sino el corazón.

–A lo mejor para ti sí, pero yo no lo creo así –dijo Penny mientras se atrevía a mirarlo a los ojos.

Cuando sus ojos oscuros la inmovilizaron, Penny deseó no haberlo mirado.

–No puedes negar que sientes algo por mí –anunció él en tono suave–. Incluso en este momento te gustaría que estuviéramos en algún lugar a solas, que nuestros cuerpos se fundieran de deseo, que pudieras...

Penny se tapó los oídos, con la esperanza de que nadie se fijara en ella.

–Me niego a seguir escuchando, Stephano. Cometí un error, pero no es probable que vuelva a hacerlo. Te ruego que te marches; dentro de un rato, volveré a casa con Chloe.

Todo aquello no tenía sentido. En ese momento, vio que su hermana la miraba y con la mirada le pidió ayuda. Abbie fue inmediatamente a donde estaban ellos.

–Stephano, tienes una hija maravillosa. Debes de estar orgulloso de ella.

Henchido de orgullo como lo habría estado cualquier padre, Stephano sonrió.

–Bueno, gracias... Abbie, ¿verdad? En realidad, es más labor de su madre que mía; pero, sí, Chloe es una niña estupenda.

–Y estoy segura de que Penny es de gran ayuda. Los niños se le dan de maravilla. Siempre ha dicho que quiere tener tres hijos por lo menos.

–¡Abbie! –exclamó Penny.

–Bueno, es cierto, ¿no?

–Sí, pero no quiero que lo sepa todo el mundo; en especial mi jefe. ¿Qué va a pensar de mí?

–Pues estoy pensando, señorita Keeling –empezó Stephano con una sonrisa cálida– que hay muchas cosas de ti que no sé, y que será un placer descubrir.

Penny miró a Stephano y luego a su hermana, y notó el gesto de sorpresa de ésta. Abbie no tardaría en interrogarla. En realidad, su hermana no dejaba de decirle que ya era hora de que se buscara a un hombre, y tal vez le diera por pensar que Stephano Lorenzetti pudiera ser el candidato ideal.

–No lo creo, señor Lorenzetti –declaró–. Prefiero que nuestra relación se ciña al plano profesional.

Él arqueó una ceja con gesto amenazador.

–Pues en esa capacidad, insisto en que traigas a Chloe a casa inmediatamente.

–No puedes hacer eso –protestó, cada vez más enfadada–. Se lo está pasando bien. ¿No te das cuenta?

La niña se escondió corriendo detrás de un arbusto, ajena a la conversación de los mayores.

–He dicho diez minutos, y ya han pasado –respondió con gesto obstinado–. ¡Chloe! –la llamó en voz alta, y su hija acudió de inmediato a su lado–. Nos marchamos –añadió en tono más suave.

Chloe miró a Penny.

–¿Tengo que irme?

La niña puso una cara de pena, como si se fuera a echar a llorar de un momento a otro. Pero Penny no podía contravenir los deseos del padre, por lo menos delante de la niña, de modo que asintió de mala gana, aunque se le partía el corazón de ver a Chloe así.

Cuando miró a su hermana, supo que ésta compartía la opinión de que Stephano era demasiado duro con Chloe.

–¿Te vienes tú también? –preguntó Stephano a Penny.

Penny dejó de pensar y se volvió hacia él.

–Si no te importa, me voy a quedar un rato con mi hermana para echarle una mano –dijo–; pero volveré para ocuparme de acostar a Chloe, estate tranquilo.

Stephano entrecerró los ojos, pero no dijo nada, y después de decir adiós se alejó con Chloe de la mano. La pequeña se volvió a mirarla y sonrió.

–Hasta pronto –dijo Chloe.

–Es un cretino, ¿no? –dijo Abbie en cuanto supo que el otro no podría oírla–. Sé que es magnífico en su negocio, y también es guapo y sexy, pero no sabe cómo tratar a su hija.

–No creo siquiera que sepa lo que acaba de hacer –suspiró Penny–. Es conmigo con quien está enfadado, y me imagino que me echará los perros cuando vuelva a la casa.

–Pero no puedes informarle de todo. Él te ha dejado al cargo de su hija, y debería permitirte tomar algunas decisiones. Si quieres que te sea sincera, no me gusta nada la actitud de tu jefe.

Penny no quería empezar a criticarlo, de modo que no dijo nada. Tenía un trabajo seguro y muy bien pagado, y no quería hablar de ello. Además, Abbie tenía la mala costumbre de repetir las conversaciones delante de otras amigas.

Cuando se marcharon todos los niños y Penny ayudó a Abbie a recoger, eran casi las siete de la carde.

Al llegar a casa, Stephano la estaba esperando.

—Empezaba a pensar que no volverías —le dijo en tono grave y sensual, excitándola al instante.

—Sería incapaz de olvidarme de Chloe —respondió con serenidad—, pero si me permites decirlo, creo que te has equivocado al llevártela esta tarde. Se lo estaba pasando tan bien; y no ha estado bien ni por ella, ni por la niña del cumpleaños.

—¿Ha dicho algo tu hermana?

—¡Pues claro que no! Pero es de mala educación. Y no es como si hubieras tenido que marcharte por una razón de peso. Sólo lo has hecho porque tú no te sentías cómodo allí.

—¿Ahora te has vuelto una experta en mis sentimientos? —preguntó Stephano en tono mordaz.

Ojala lo fuera, aunque ella preferiría especializarse en otra clase de sentimientos; en todas esas sensaciones que le harían vibrar y satisfarían sus deseos.

—No me atrevería a presumir tal cosa —respondió ella en tono seco—. Ahora, si me disculpas, voy a atender a Chloe. ¿Está en el cuarto de los juguetes?

En el ático había una habitación especialmente para que Chloe jugara, que haría las delicias de cualquier niño. Pero Chloe no era lo bastante mayor para pasar mucho rato jugando allí, y en opinión de Penny, había sido un gasto inútil.

—No, está en la cama.

Penny miró a Stephano muy sorprendida.

—¿La has acostado?

Él asintió.

—¿Y ya está dormida?

Penny no podía dar crédito, pero era un paso en la dirección adecuada, lo cual tal vez significara que Stephano la estaba escuchando.

–Creo que sí.

Penny quería comprobarlo, y subió corriendo al cuarto de la niña. Se asomó a la habitación y vio que la niña estaba muy quieta en la cama. Cuando fue a retirarse, oyó la vocecita de Chloe.

–Penny...

Se acercó rápidamente a la cama de la niña.

–¿Qué te pasa, cariño?

–Papi no me quiere.

Sus palabras le llegaron al corazón.

–Yo creo que sí, Chloe. ¿Por qué lo dices?

–Porque no me ha dejado quedarme en la fiesta. Y yo quería esperarte, pero él dijo que tenía que irme a dormir. No me quiere como me quería mamá; echo mucho de menos a mamá; quiero que me dé un abrazo hasta que me quede dormida.

Entonces se echó a llorar.

Penny se tumbó en el borde de la cama, acunó suavemente a la niña y le limpió las lágrimas con un pañuelo.

–Estoy segura de que tu papá te quiere mucho, cariño, y no quiere ser malo contigo. Él necesita que tú también lo ayudes, no te olvides que también él estará triste. Quería a tu madre tanto como tú.

–¿Entonces por qué no vivía con nosotros? –le preguntó Chloe con los ojos muy abiertos–. Yo no conocí a mi papá hasta que vino por mí, cuando murió mi mamá.

Capítulo 4

PENNY se quedó estupefacta. No sabía que Stephano y su esposa se hubieran separado, o tal vez divorciado. Le habría gustado que él se lo hubiera contado.

Sin embargo, eso no justificaba el que no se hubiera ocupado de su hija. Tal vez Chloe quedara afectada para siempre por el rechazo de su padre, por esa falta de interés.

Sin duda Stephano Lorenzetti era un hombre cruel, insensible y despiadado, y ella pensaba decírselo.

Lo buscó por todas partes y finalmente lo encontró en su despacho. Stephano estaba muy relajado, con los pies encima de la mesa; pero sólo hasta que entró ella hecha un basilisco, lista para la batalla.

—¿Pasa algo? —preguntó él mientras bajaba los pies y se ponía de pie.

Penny plantó delante de él.

—Desde luego que pasa, señor Lorenzetti —aspiró hondo, con la intención de escoger bien sus palabras—. Chloe acaba de decirme algo que me ha sorprendido muchísimo.

—¿Chloe? —repitió, con los ojos muy abiertos—. Pensaba que estaba dormida.

—Entonces supongo que se haría la dormida —respondió Penny—. Aunque bien pensado no es posible que concilie bien el sueño si piensa que su papá no la quiere —Penny lo miró muy enfadada, solidarizándose con aquella pequeña que sólo quería el cariño de su padre–. Si Chloe no me necesitara, me marcharía ahora mismo.

Stephano se cruzó de brazos y la contempló unos momentos con mirada de advertencia.

–Yo en tu lugar tendría cuidado, señorita Keeling. Te estás pasando de la raya.

–Me da lo mismo –respondió ella, aunque por dentro estuviera muerta de miedo.

Stephano dio un paso hacia ella, pero Penny no se movió, y tampoco apartó la mirada de la suya. La colonia de su jefe invadió sus sentidos, e irremediablemente recordó el beso que...

¡No! ¡No quería que se acercara tanto!

–Dime, entonces, qué te ha dicho Chloe que te ha enfadado tanto –susurró Stephano con su marcado acento italiano, listo para la batalla también.

Sin embargo, para Penny él no tenía defensa alguna; porque dejar abandonado a un niño era algo inexcusable.

–¿Por qué quisiste hacerme creer que tú y tu esposa seguíais viviendo juntos cuando ella murió?

Su pregunta lo tomó por sorpresa, pero Stephano echó la cabeza hacia atrás y entrecerró los ojos.

–¿Eso pensaste? No creo haber implicado eso nunca, Penny. De todos modos, mi vida privada no es asunto tuyo... ¡Tú trabajas para mí! –añadió en tono más frío e imperioso que antes.

–Me has escogido para que cuide de tu hija –declaró ella con convencimiento–, y si ella está disgustada, mi labor es intentar aclararlo.

–¿Chloe está disgustada? –preguntó con sorpresa, pasando de la rabia a la sorpresa, incluso tal vez a la preocupación.

–Me parece lo más lógico, sobre todo teniendo en cuenta que ella cree que su padre no la quiere.

–¿Eso ha dicho?

Penny asintió, un poco menos enfadada.

–¿Y tú la crees?

–Lo que yo crea no importa; importa lo que sienta Chloe, y es lo que ella siente. ¿Y cómo no va a sentirlo si su padre no ha ido nunca a verla hasta que murió su madre?

–No tienes ni idea de lo que dices –soltó él en tono enfadado.

Penny observó la tensión en su cuerpo y en su cara, y se dijo que debía tener cuidado con lo que le decía.

–Entonces cuéntamelo –le exigió–. Dime exactamente por qué Chloe dice que no sabía nada de ti hasta que murió su madre.

Siguió un silencio prolongado, que a Penny se le hizo eterno.

–Porque mi esposa nunca me dijo que tenía una hija.

Se le veía tan dolido, que Penny no pudo ignorar su expresión.

–Cuando me dejó estaba embarazada, pero debía de estar de muy poco tiempo, porque yo no tenía ni idea; y como te he dicho, ella no me dijo nada. Luego ya no volvió a ponerse en contacto conmigo, ya que el divorcio lo hicimos a través de nuestros abogados. Fue muy egoísta por su parte ocultarme la existencia de mi propia hija.

Penny se quedó sin palabras, muy afectada por la noticia. ¿Cómo podía una mujer ocultar la existencia de un hijo a su padre? Se le encogió el corazón de pena por haberle hablado de esa manera, y se sintió muy culpable.

–Lo siento. Sé que no servirá de nada, pero es la verdad. Lo siento mucho.

Y sin pensarlo se acercó a él y lo miró a la cara.

–De verdad...

Stephano la abrazó impulsivamente con un quejido de pesar. Penny levantó la cara y lo miró a los ojos, unos ojos donde se reflejaba la turbación de su alma; y cuando se inclinó sobre ella, cuando tomó sus labios y su boca, lo hizo tan ardientemente que Penny entendió que deseaba librarse de aquellos pensamientos aciagos.

Penny dejó que el beso embriagara sus sentidos y también lo besó, con el deseo intenso de ser amada. Casi como si él le hubiera leído el pensamiento, le susurró al oído:

—Penny, duerme esta noche conmigo.

Penny sabía que no la amaba, que sólo quería perderse en su cuerpo; claro que ella también deseaba lo mismo. Sabía que era una auténtica locura, que ella no quería liarse con nadie de ese modo. Pero también sabía que aquello no desembocaría en una relación seria; que sólo sería una noche de pasión. ¿Qué daño podía hacerle?

Pero mientras le daba vueltas a la cabeza, Penny le respondió con un beso tan ardiente que hasta ella misma se sorprendió. Porque ella nunca había hecho nada tan impulsivo en su vida.

Al instante, Stephano la tomó en brazos, la apretó contra su cuerpo y la llevó arriba con agilidad, como si no pesara más que su hija.

Penny sintió los latidos de sus corazones. Stephano era el hombre más viril que había conocido jamás, y el aroma de su piel era tan intenso y sensual que resultaba mareante.

Cuando la puerta de su dormitorio se cerró con suavidad a sus espaldas, Stephano relajó los brazos y la bajó muy despacio, dejando que se deslizara sobre su cuerpo fuerte y caliente; centímetro a centímetro, asegurándose de que ella notara lo mucho que la deseaba.

Su erección era colosal, magnífica, imposible de ignorar. La fiereza y fuerza de su persona la aturdía y excitaba como nada, privándola totalmente del raciocinio; de tal modo que se apretó contra su cuerpo y le echó los brazos al cuello para que él besara sus labios, sedientos y receptivos.

Fue un beso fiero, ardiente; intensamente erótico. La lengua de Stephano invadía su boca, la acariciaba y la incitaba, provocando en ella una respuesta aún más salvaje.

Penny le agarró la cabeza y enroscó con los dedos su pelo negro, mientras él la transportaba a un lugar donde nunca había estado, a un lugar donde nada salvo Stephano tenía sentido.

Todo era tan fuerte: sus besos, el placer de sus caricias, su aroma; un aroma tan intenso que embriagaba más que el alcohol.

Estaba ebria de deseo; un deseo real, un deseo que rugía en su cuerpo con la fuerza de un ciclón. Quería agarrarse a Stephano por si esa energía le hacía flaquear.

Penny no sabría decir cómo pasó, pero de pronto se estaban devorando el uno al otro. Momentos después estaban en la cama, ella totalmente desnuda ya.

Stephano también lo estaba. Tenía la piel aceitunada, en contraste con la suya, pálida; el torso bien formado, y unos muslos fuertes potentes.

Sin dejar de mirarla a los ojos, Stephano empezó a explorar su cuerpo con sus dedos ágiles de un modo tan sensual que Penny se dijo que no aguantaría mucho rato así. Ella había pensado que la tomaría con pericia y rapidez, saltándose los preliminares; pero se había equivocado totalmente. Trazó con ternura el contorno de sus cejas, la simpática línea de su nariz y la delicada curva de las orejas.

Cuando llegó a sus labios, ella gritaba con silencioso

deseo, y lamió sus dedos con anhelo, mientras ella también le tocaba la cara. Stephano era un hombre orgulloso, un hombre tremendamente apuesto; y también arrogante y hábil; pero en ese momento, dependía de ella.

Él la necesitaba. Quería que olvidara sus malos recuerdos, quería perderse en ella, junto a ella, con ella... Y ella... Y ella no podía sino complacerlo.

Stephano sabía que lo que estaba haciendo era arriesgado, que no quería tener una relación, y menos con la niñera de su hija; pero al mismo tiempo sentía la necesidad de librarse del tormento que encerraba su alma.

Su propia hija creía que él no la amaba, y eso le había parecido horrible. Al día siguiente se ocuparía de eso; pero de momento sólo quería sumergirse en las profundidades del placer. Y mientras Penny supiera lo que sentía él, mientras no esperara más de él, ella sería el antídoto perfecto.

—Sabes lo que haces, ¿verdad? —le preguntó en tono sensual, sin separar apenas los labios de los de ella, al tiempo que jadeaba con anhelo.

Bebió de sus labios el néctar más exquisito, que fue para él un afrodisíaco del que no podía saciarse. En ese momento comprendió que con ella no bastaría con una vez.

Era una situación peligrosa, suicida, y se dijo que tal vez debería retirarse ya, mientras estuviera a tiempo.

—Lo sé, Stephano, pero no puedo evitarlo. También te deseo.

Con un gemido ronco, él reclamó su boca y la besó con tanto ardor que su dolor, su tensión y su malestar empezaron a ceder de nuevo.

Penny sintió el cambio en él, como si de pronto Stephano se hubiera liberado de sus tensiones, como si hubiera dejado atrás sus dudas. Y si él se sentía libre, ella también.

Se abandonó a sus besos, que devolvió con avidez, y cuando él se retiró un poco para explorar la dulce curva de su cuello, Penny apoyó la cabeza suavemente sobre la almohada y volvió a acariciarle el pelo con sensual abandono, mientras se acostumbrada a su tacto, a su calor, a su forma.

Pero cuando él empezó a acariciar sus pechos con los dedos, la lengua y los labios, y agasajó dulcemente los pezones firmes, ella se olvidó de su pelo y apoyó las manos a los lados, jadeando sin consuelo.

–¡Oh, Stephano!

Al oír su voz, él hizo una pausa y levantó la cabeza.

–¿No te gusta?

–¿Que si no me gusta? ¡Me encanta!

Stephano era un amante experto que sabía cómo volverla loca, cómo hacer para que se retorciera de placer, para que también ella lo acariciara, para que deslizara los dedos por su piel firme y caliente, sintiendo la fuerza de sus músculos, incluso la palpitante fuerza de su miembro caliente.

Cuando continuó explorando un poco más abajo, buscando el corazón caliente y mojado entre sus piernas, Penny apenas podía respirar.

Cerró los ojos, moviendo la cabeza de un lado al otro, tan sólo consciente de que Stephano controlaba todo su cuerpo, instruyéndolo para que obedeciera sus órdenes, para inflamarlo con sus caricias, para que sintiera una explosión de sensaciones como no había sentido jamás.

Penny ya no estaba segura de ser ella la protagonista inmersa en aquella oleada de sensaciones; a ella nunca le pasaban esas cosas, y se dijo que o bien estaba soñando, o imaginándoselo.

Además, Penny Keeling nunca se habría metido en un lío como aquél, porque para empezar no le iban las aventuras amorosas de esa naturaleza. Con una relación fracasada había tenido suficiente; y ella era cuidadosa, sensata, equilibrada...

Pero deseaba tanto que Stephano le hiciera el amor, que no podía seguir engañándose. De todos modos, si él no la tomaba de inmediato, si no saciaba aquella necesidad que estaba a punto de estallar, ella tomaría la iniciativa y se echaría encima de él.

–¿Estás lista?

¿Le habría leído el pensamiento?

Penny asintió, sin darse cuenta en principio de que él estaba muy ocupado investigando otras partes interesantes de su anatomía.

–Sí... –fue el gemido desfallecido que le dio como respuesta.

Stephano se retiró un momento, se puso un preservativo y momentos después estaba dentro de ella. Al principio lo hizo muy despacio, hasta que notó que estaba totalmente relajada.

Lo que pasó después fue un torbellino de sensaciones, jadeos, cuerpos que se bamboleaban y giraban, gemidos entrecortados y caricias ardientes; hasta que les sobrevino una explosión que los transportó a la cima, empapando sus cuerpos en sudor, mientras sus corazones latían con tanta fuerza que parecía como si fueran a salírseles del pecho.

Durante la noche, Stephano le hizo el amor otra vez, y otra después. Era un hombre que descargaba su tensión de ese modo; claro que a Penny no le importó en absoluto. Aquélla era una experiencia nueva para ella, ya que jamás le habían hecho el amor de un modo tan maravilloso; y nadie había atendido a sus necesidades como lo había hecho Stephano.

El hombre que le había parecido tan cruel hacia su hija, resultaba ser un amante de ensueño.

Pero cuando se despertó a la mañana siguiente, él ya no estaba en la cama. Penny pensó en todo lo que había pasado y se sintió culpable. Sintió mucha vergüenza sólo de pensar que se había entregado a Stephano y se había dejado utilizar a placer. Le había dado a entender que era suya para cuando quisiera tomarla.

Se le revolvió el estómago de lo nerviosa que se estaba poniendo, de la humillación que de pronto la golpeó de frente.

Había sido una estúpida. ¿Cómo podía volver a mirarlo a la cara? Tal vez sería mejor marcharse antes de que acostarse con su jefe fuera se convirtiera en la norma. Salvo que su deber era cuidar de Chloe. Ella no podía marcharse y someter a la niña a una nueva sucesión de niñeras, ya que ninguna aguantaba durante mucho tiempo la prolongada jornada laboral que exigía Stephano.

Salió del dormitorio de su jefe diciéndose que aquello no volvería a ocurrir. De camino a su habitación, se asomó a la de Chloe, pero vio que la niña ya no estaba en la cama.

Esperaba que estuviera con su padre. Después de lo que le había dicho a él el día anterior, estaba segura de que habría querido hablar con Chloe para quitarle de la cabeza que él no la quería.

Después de ducharse y vestirse en un tiempo récord, Penny fue en busca de Chloe. La niña estaba en la cocina con Emily, pero no vio a Stephano.

–El señor Lorenzetti se ha marchado a trabajar –le informó el ama de llaves.

–¿Has visto a papá antes de marcharse? –le preguntó Penny a Chloe.

Apenas pudo creerlo al ver que la niña negaba con la cabeza, con la mirada triste y decepcionada.

Penny la abrazó.

–Está tan ocupado, que supongo que no te despertaría. ¿Qué vas a desayunar?

Durante todo el día Penny se sintió disgustada con Stephano; no sólo porque había ignorado a su hija, sino porque ella se sentía ridícula. Él la había utilizado, y ella lo odiaba por ello. Pero si era sincera tenía que reconocer que ella lo había deseado tanto como él a ella, y que se había entregado a él voluntariamente.

Al ver que Stephano no regresaba a casa temprano para estar con Chloe, la rabia de Penny fue en aumento. Eran casi las diez cuando oyó su coche en el camino.

Ella se había sentado en silencio, no había encendido la tele, ni tampoco la música; porque estaba esperándolo para atacarlo en cuanto entrara por la puerta.

Conocía su rutina. Dejaría el maletín en el despacho, colgaría la chaqueta en el respaldo de alguna silla y después iría al salón pequeño, donde se serviría un whisky para relajarse un rato en su sillón favorito.

Stephano parecía muy cansado cuando entró en la habitación, pero eso a Penny no le importó. Se levantó del asiento de la ventana y se volvió hacia él.

–Penny... –Stephano sonrió al verla–. Estabas tan dormida esta mañana que no quise despertarte... He tenido un día horrible... –se pasó la mano por la cabeza, se aflojó la corbata y se la quitó y se quitó también los gemelos–. ¿Y tú? ¿Qué tal has pasado el día? –se acercó a ella, como si fuera a darle un abrazo–. ¿Y Chloe? ¿Está en la cama? Quería...

–¿Qué querías? –empezó Penny, incapaz de contener la rabia.

–Pues verla antes de que se acostara, claro está

–frunció el ceño mientras detenía de pronto sus pasos, consciente de que las cosas no podían ser como él había esperado que fueran.

Seguramente, se decía Penny, Stephano querría continuar donde lo habían dejado la noche anterior; pero si ése era el caso, se llevaría una verdadera sorpresa.

–Es muy noble por tu parte –le soltó con fastidio–, pero ya lleva horas en la cama. ¿No sabes acaso qué hora es? Esta mañana no habría pasado nada si hubieras llegado a trabajar un poco más tarde y hubieras hablado con ella antes de que se fuera al colegio. ¿Es que no te importa que tu hija piense que no la quieres?

–Pues claro que me importa.

Parecía confuso, como si no hubiera esperado aquella crítica.

–A mí no me lo parece –opinó Penny con rabia–. Tú con buscar a alguien que se ocupe de ella, te quedas tranquilo. No eres un padre, tan sólo un proveedor.

Stephano la miró con expresión ceñuda, visiblemente disgustado.

–¿Cómo te atreves a hablarme así? Tú no tienes ni idea de lo que estoy pasando en este momento.

Penny arqueó una ceja de manera muy expresiva.

–Tal vez no, pero sé lo que Chloe está pasando, y que ella te necesita más de lo que te necesita tu negocio.

Stephano la condenó con la mirada; toda la pasión y el placer que había reflejado la noche anterior se había desvanecido, dejando en su lugar la expresión fría y severa de un hombre a quien no le gustaba que la niñera de su hija lo llamara al orden.

Stephano le echó otra mirada antes de cruzar la sala y servirse una copa; dio un buen trago antes de dirigirse a ella de nuevo.

–Me cuesta creer que seas la misma mujer con quien me acosté anoche.

Un par de ojos casi negros se fijaron en los suyos, y Penny ignoró la leve pero insistente sensación que empezaba a invadirla.

–Eso es porque no soy la misma mujer –respondió–. Esa mujer fue una tonta que cedió al chantaje emocional. Esa mujer te vio dolido, y quiso ayudarte a sobrellevar tu dolor. Pero esta mujer –se llevó la mano al corazón– ha visto tu otra cara. La que no se preocupa por los demás. La del adicto al trabajo. La del hombre que le da más importancia al trabajo que a la familia. Estoy segura de que coincidirás conmigo en que no es una situación muy agradable.

Capítulo 5

STEPHANO se sentía culpable por todo lo que había pasado; tan mal, que no podía ni hablar. Pero lo que no quería era que un dragón en forma de niñera se lo recordara.

–¿Te atreves a criticarme?

La incredulidad daba paso al enfado. Ningún empleado se había atrevido jamás a hablarle así... ¡Claro que no se había llevado a ninguna a la cama!

Penny alzó la barbilla y lo miró con gesto desafiante.

–Pues sí que me atrevo. No mereces a Chloe. A lo mejor por eso...

De pronto se tapó la boca con la mano, ahogando sus palabras. Pero Stephano sabía lo que había estado a punto de decir; y tenía razón. Una de las razones por las que su esposa lo había dejado había sido porque le daba más importancia al trabajo que a la vida familiar; pero no iba a permitir que nadie cuestionara su comportamiento.

Sin embargo, no pudo evitar pensar en lo guapa que estaba así enfadada, con los ojos brillantes, más violetas que azules, las mejillas sonrosadas, o la cadencia de su pecho al respirar. Llevaba una blusa de seda muy fina, y Stephano experimentó el deseo repentino de tomarla allí mismo.

Llevaba todo el día deseando volver a casa; Penny había sido una amante erótica la noche anterior, e inevitablemente Stephano deseaba más.

–Voy a ignorar ese comentario –le dijo en tono seco–, y si has terminado ya de regañarme por el tema de mi hija, a lo mejor te apetece tomarte algo conmigo. Podríamos hablarlo tranquilamente.

Sus ojos azules lo condenaban; sin embargo, Stephano quería llevársela a la cama esa noche otra vez.

Probarla una vez no había sido suficiente. Él nunca pensaba en nada salvo en el trabajo cuando estaba en la oficina; pero ese día, durante una reunión muy importante, había empezado a distraerse con otros pensamientos que nada tenían que ver con el trabajo.

Y aunque el resto del día había conseguido ignorar sus lascivas inclinaciones, cuando iba en el coche de camino a casa esos pensamientos habían regresado con fuerza.

Penny no daba crédito a la audacia de Stephano, y se quedó mirándolo con nerviosismo, sin saber cómo había podido entregarse a él. Ese hombre no tenía corazón, sólo el trabajo le importaba; había poco tiempo para la diversión.

–¿De verdad crees que me voy a tomar una copa contigo después de... todo? –Penny apretó los puños–. Eres increíble, Stephano. Me voy a dormir; buenas noches, señor Lorenzetti.

Y dicho eso, Penny dio media vuelta para marcharse.

–No lo creo.

Sus palabras detuvieron sus pasos de inmediato, y Penny se dio la vuelta, muy despacio.

–No tienes derecho a decirme lo que tengo que hacer en mi tiempo libre; tú no me has empleado para entretenerte. ¿O acaso no me enteré bien en la entrevista? –le preguntó con sarcasmo–. ¿Es eso lo que tenías en mente?

–Ni hablar, y tú lo sabes –respondió él con rabia.

–¿Pensaste principalmente en Chloe?

–Pues claro.

–Entonces ya tienes tu respuesta –respondió ella

con exasperación–. Chloe es también mi preocupación principal. Lo de anoche fue para pasar el rato; y no volverá a ocurrir.

Esa vez ella se marchó, y él no intentó detenerla.

Penny se tiró encima de la cama y pensó en su temeridad al hablarle así a Stephano; pero no se arrepentía de nada de lo que le había dicho.

En mitad de la noche, Penny se despertó de pronto y se dio cuenta de que se había quedado dormida encima de la cama. Se levantó sin hacer ruido y fue al baño. A la puerta, se detuvo un momento porque de pronto le pareció oír hablar a Chloe y a su padre, en el dormitorio de Chloe...

Se acercó de puntillas a la puerta que separaba la sala del cuarto de la niña y aguzó el oído. Sí, sin duda eran padre e hija. Penny sonrió un momento antes de darse la vuelta, desvestirse y meterse en la cama.

A la mañana siguiente, cuando bajó al comedor, se encontró allí a Chloe, nada menos que con su padre. Penny entró y sonrió.

–Buenos días.

Chloe soltó una risilla.

–Siéntate con nosotros –la invitó Stephano.

Penny lo miró con sorpresa, antes de sentarse.

–Gracias –dijo ella.

Delante de su hija no podía decirle mucho, pero demostró su aprobación. Y cuando finalmente dijo que tenía que marcharse a trabajar, ella asintió con formalidad. Chloe se levantó y le dio un abrazo enorme, y Stephano la besó en las mejillas. Era la primera vez que Penny lo veía mostrar tal emoción.

–¿Sabías que Chloe empieza las vacaciones de verano este viernes? –le dijo Penny a Stephano.

Penny había estado disfrutando de aquel cálido atardecer junto al lago, rodeado ya por una valla, observando unos patos que graznaban en la superficie, cuando Stephano la había sorprendido. Se había quitado el traje y llevaba una camisa azul cielo y unos pantalones de sport. A Penny le pareció que estaba guapísimo.

Como de costumbre, su sensualidad, su presencia y el aroma incitante de su colonia le revolucionaron los sentidos e incitaron sus deseos.

–¿Ah, sí? ¿Y por qué no se me ha dicho antes?

–Imagino que tendrías el calendario escolar desde el comienzo del curso –dijo ella arqueando las cejas, mientras rezaba para que él no se sentara tan cerca.

¿Cómo podía ignorarlo si hacía esas cosas? ¿Cómo cortar la riada de sentimientos que empezaba a recorrerla por entero?

–A mí nunca me han dado nada –Stephano frunció el ceño de manera casi cómica.

Penny se preguntó si Stephano se habría acordado si se lo hubieran dado. El padre de Chloe estaba demasiado en su mundo; y seguramente las habría tirado a la papelera.

–Significa que pasará seis semanas en casa –dijo Penny.

–¿Y por que me lo dices...? –dijo él–. No estarás pensando en tomarte unas vacaciones, ¿verdad?

–Pues claro que no –respondió ella–, pero si no te importa que te lo diga, mi intención era sugerirte que te las tomaras tú, que te vayas con Chloe de vacaciones a la playa, los dos solos. Necesitáis conoceros, y ésta sería una buena oportunidad.

Penny se quedó expectante, esperando su respuesta. En principio se temió una explosión, así que desvió la mirada y continuó observando los patos.

Pero no dejó un instante de estar pendiente de él; demasiado, tal vez. El ambiente se volvió tenso, y pasados unos momentos Penny sintió que no podía respirar. La presencia de Stephano se palpaba por doquier, y Penny se maravilló de la fuerza de su personalidad.

Y cuando el silencio se prolongó un poco más de lo debido, cuando ya no podía esperar más, se volvió hacia él despacio. Stephano estaba mirándola con una expresión tan intensa en sus cálidos ojos marrones que Penny sintió de nuevo que le faltaba el aire, y que no se podía mover.

—Qué buena idea, Penny.

Dios mío. ¿De verdad había dicho eso?

—Tienes razón, necesitamos estar juntos.

¡Qué bien! Penny apenas daba crédito.

—Pero hay un problema.

¡Ya estaba allí la excusa! ¡La salida!

—Chloe te necesita también a ti.

—¿Cómo? –dijo antes de poderse contener.

¡Más bien sería él quien la necesitaba! Para acostarse con ella, claro.

—Hay cosas que tú haces con ella que a mí no se me dan bien –dijo él.

—Entonces, tendrás que aprender –declaró Penny en tono firme.

No quería contemplar esos ojos tan magnéticos, pero le resultaba imposible. Estaba tan cerca, y era una persona tan intensa, tan vital, que no podía ignorarlo.

—Si voy, fastidiaré el objetivo principal.

—Y si no vas y fracaso, ¿qué?

—¿Stephano Lorenzetti, me estás haciendo chantaje?

Penny pensó en dirigirse a él con más formalidad, para mantener el equilibrio de la conversación. Lo deseaba tanto que tenía miedo de que se le notara.

—¿Crees que me atrevería a hacerlo?

A Penny le pareció que estaba distinto esa noche. No sabía si estaba mostrando su lado más tierno y humano, o si era porque quería algo. Seguramente porque quería volver a acostarse con ella. Fuera como fuera, tenía los sentidos a flor de piel.

–Eres capaz de cualquier cosa –dijo ella, rezando para que él no notara el temblor en su voz.

–En eso es algo en lo que los dos estamos de acuerdo –dijo él–, porque en este mismo momento, por ejemplo, sería muy capaz de besar a la atractiva niñera de mi hija.

Aunque le había advertido de su intención, Penny no fue capaz de moverse. Y cuando se acercó a ella muy despacio, sólo vio el brillo de deseo en su mirada y aspiró su aroma viril. Pero eso sólo le sirvió para excitarse aún más.

Stephano se detuvo cuando sus labios estaban a pocos milímetros de los de ella. Penny sabía que él la estaba atormentando, viendo a ver si tomaba la iniciativa o si se echaba atrás.

De algún sitio, sacó fuerzas para resistirse y se retiró un poco, sofocada.

–No lo creo –dijo con valentía–. Y si te parece la manera más adecuado de convencerme para que me vaya contigo de vacaciones, entonces estás muy equivocado.

Para fastidio de ella, Stephano sonrió y se encogió de hombros, como si en esa ocasión se resignara a perder, y se recostó en el banco.

–Parece que voy a tener que encontrar otro modo de convencerte –le dijo en voz baja, mientras le retiraba un mechón de pelo de la cara, deleitándose con la suavidad de su mejilla.

No recordaba la última vez que una mujer le había afectado tanto como aquélla.

Penny era distinta a todas las demás mujeres. A él nunca le habían rechazado, y el recelo de Penny era para él una novedad; aunque no la deseaba sólo por esa razón. Aparte de ser una mujer intrigante, era una amante maravillosa. Además, cuando Penny estaba enfadada, no le importaba decírselo; y eso también era una novedad para él.

Había discutido con su esposa, pero no así. Sus discusiones casi siempre habían sido de dinero, sobre todo de lo deprisa que lo había gastado ella. Sin embargo, el dinero no parecía preocuparle a Penny. Sí, necesitaba el empleo, pero no había intentado meterse en su cama para sacarle más, ni nada por el estilo.

Si acaso, había sido al revés. Era él quien estaba detrás de ella, y al no resultarle fácil se había convertido en una especie de desafío. Sobre todo cuando ella le apartó la mano de la cara de un manotazo.

–Stephano Lorenzetti, si sigues así voy a tener que dejar este empleo.

Él frunció el ceño y retiró la mano al instante.

–¿Ya no te gusta que te toque?

Penny cerró los ojos, y Stephano adivinó el debate que bullía en su interior.

–Lo que a mí me guste y lo que está bien son dos cosas muy distintas –dijo enfadada–. Para empezar soy una empleada tuya, y mi opinión es que es mejor no mezclar estas cosas; y en segundo lugar, no me interesa tener ningún lío... con ningún hombre.

–¿Puedes decirme quién te ha hecho estar así?

Se había mostrado tan apasionada, tan vehemente, que Stephano no pudo menos que sentirse intrigado. Además, quería saber qué le había pasado, y quién le había hecho tanto daño.

Pero Penny negó con la cabeza.

–No es asunto tuyo, sólo mío. Y no quiero volver a hablar de ese tema.

–¿Tanto daño te hizo?

Ella se encogió de hombros.

–Supongo que sí.

Stephano sintió rabia sólo de pensar que alguien podía aprovecharse de una persona tan buena y cariñosa... ¿Buena y cariñosa? Más bien echaba fuego por la boca. ¿O sería que también ella tenía dos caras? Fuera como fuera, era una combinación intrigante que deseaba conocer mucho mejor.

Pero sobre todo, en ese momento quería abrazarla y consolarla, salvo que sabía que ella se lo tomaría a mal. De modo que se puso de pie y fue hasta la orilla del lago, cerca de donde estaban sentados.

–¿Te importa cambiar de opinión con referencia a las vacaciones?

Lo dijo en tono esperanzado, y con una sonrisa de medio lado.

–Si me llevo a Chloe, tu ayuda me vendría muy bien; puramente como niñera suya.

En cuanto a lo demás, ya se vería. Él no buscaba una relación a largo plazo, pues como Penny, había sufrido y no confiaba ya en el amor.

Penny vaciló. La verdad era que deseaba ir, y más que nada ansiaba dormir de nuevo con él. ¿Pero cómo acabaría aquello? No quería volver a sufrir.

Pero por otra parte no estaba segura de que Stephano fuera capaz de cuidar de su hija él solo todo el día.

Ella deseaba sonreírle, lanzarse a sus brazos y decirle que sí. Pero eso sería como declarar su disposición a embarcarse en una aventura; y ella sabía que en el fondo no era capaz estar con él y luego olvidarlo. Tendría que ser o todo o nada.

Y Stephano no le ofrecía nada.

–Sigo esperando –dijo él en tono suave–. Si no puedes hacerlo por mí, piensa en Chloe.

Penny sonrió. Entonces, asintió levemente.

–De acuerdo; iré, por el bien de Chloe.

Él sonrió de inmediato. Penny no le había visto sonreír nunca con tanto placer como en ese momento. Había visto satisfacción en su mirada cuando hacían el amor, sí; pero eso no era lo mismo, era un placer como el de un niño. Sin darse cuenta, ella sonrió también.

–Creo que esto hay que celebrarlo –anunció él–. Ven.

Y antes de que ella pudiera objetar, la tomó de la mano y echaron a andar. Penny pensó en soltarse, pero habría sido una grosería. De pronto Stephano echó a correr, riéndose, y ella se contagió del ambiente. Cuando llegaron a casa, casi sin aliento, Penny pensó que Stephano la abrazaría y la besaría.

Pero no lo hizo, y ella se alegró, pensando que de haberlo hecho lo habría estropeado todo. Nunca había visto ese lado de Stephano, su lado divertido, y le gustaba.

Stephano la dejó un momento en el cenador acristalado, y a los dos minutos reapareció con una botella de champán y dos elegantes copas. Mientras lo servía, Penny no pudo evitar admirar sus dedos largos y bien formados; unos dedos que la habían acariciado, que habían excitado cada centímetro de su cuerpo. ¡Sólo de pensar en el placer que él le había proporcionado se excitaba otra vez! Y sabía que tendría que tener mucho cuidado y no beber demasiado, o esa noche acabaría acostándose con él.

Y eso sentaría un claro precedente para las vacaciones.

Stephano le pasó la copa y levantó la suya, y esperó a que ella hubiera dado un sorbo para hablar.

–Voy a llevaros a un sitio a ti y a Chloe donde yo solía ir de pequeño.

–¿En Italia? –le preguntó ella.

Él asintió.

–¿Conoces Italia?

–No –respondió ella con una sonrisa de pesar–, aunque es un lugar que siempre he querido visitar, sobre todo Roma.

–Sí, Roma...

Pronunció el nombre con su bello acento italiano, pero más intenso quizás, más auténtico. A Penny le pareció aún más sexy, y sin saber por qué sintió que se le atenazaba la garganta.

–¿Echas de menos Italia?

–A veces, pero me encanta Inglaterra. Mi madre era inglesa.

–¿Era? –repitió Penny con pena.

–Tristemente, ya no vive –su mirada se ensombreció brevemente–. Ella nació y vivió en Londres, y aquí conoció a mi padre. Pero él no quería abandonar su querida Italia. Yo, sin embargo, no sentí el mismo remordimiento. Vine a estudiar a Oxford, y luego me quedé aquí.

–Y tu padre...

–Vive en Roma y vivirá allí hasta que se muera –bajó la mirada un momento, antes de continuar–. Pero ya basta de hablar de mí y de mi familia –dijo con firmeza–. Concentrémonos en nosotros.

¿En nosotros? Penny se estremeció por dentro, consciente de que no debía bajar la guardia durante las vacaciones. Se preguntó por qué había cedido a la tentación. Pero conocía bien la razón: Stephano Lorenzetti era uno de los hombres más sexys del mundo. ¿Quién podría resistírsele?

Sin embargo debía hacerlo. Tomó un sorbo de champán, y después otro, y al momento se había terminado la copa. Stephano volvió a servirle sin perder ni un momento.

—Por favor, más no —dijo ella débilmente, pero el alcohol empezaba a hacerle efecto ya.

—No podemos echar a perder esta botella —dijo él—. Y la noche es joven. No hay prisa.

Penny aspiró hondo. ¿Qué esperaba él?

Capítulo 6

EL ENTUSIASMO de Chloe terminó por convencerla, y Penny empezó a ilusionarse con las vacaciones en Italia.

En ese momento cruzaban los Alpes Suizos en el avión privado de Stephano, y Chloe no se apartaba de la ventanilla. Cada vez que se volvía a mirarlos, lo hacía con los ojos muy abiertos. Su felicidad era evidente.

Durante la última semana, Stephano había mantenido una distancia respetable con ella. Seguía trabajando largas horas, aunque en un par de ocasiones la había sorprendido volviendo a casa más temprano. También había intentado ver a su hija antes de irse a trabajar por las mañanas. En definitiva, estaba haciendo un esfuerzo, y Penny se lo agradecía.

Algunas veces, cuando él volvía, se tomaban una botella de vino con la cena, y Penny sabía que en esas ocasiones él se preguntaba si podría volver a besarla. Ella no quería animarlo, pero en el fondo estaba tan sensible que le costaba mucho dominarse.

Algunas veces, cuando sorprendía a Stephano mirándola de un modo extraño, Penny se daba cuenta del peligro que corría.

—No sabes cuánto le agradezco a la agencia que te enviara a mi casa –le dijo en voz baja.

—¿Quieres decir que te gusta más cómo trabajo yo que las otras? –preguntó ella, como si no hubiera entendido nada más.

–Eso también –concedió él.

Pero fue lo que no dijo lo que le aceleró el pulso.

En esa semana, no había intentado besarla ni una sola vez; pero le había hecho el amor con la mirada, y su cuerpo la había traicionado con sus cambios de temperatura.

–¿Sabes? –dijo él, interrumpiendo sus pensamientos–. Creo que nunca me he tomado unas vacaciones; no que yo recuerde... ¿Y tú? ¿Cuándo fue la última vez que saliste de vacaciones?

Penny sonrió.

–El año pasado. Me fui a Córcega con un grupo –cuando vio que arqueaba las cejas, procedió a explicarle–. Éramos un grupo de mujeres.

Le pareció ver una expresión de alivio en él.

No debería haberle importado; pero últimamente Penny había notado que Stephano era un hombre posesivo; y eso le daba miedo. Le pesaba haber hecho el amor con él, porque ya no podía mirarlo a la cara sin pensar en esos momentos mágicos, magnéticos. El vínculo se había forjado, y sería imposible de romper. Tan sólo el tiempo y la distancia lo lograrían, y ella no quería dejar de momento su trabajo; aunque sabía que podría acabar así.

–Estoy deseando llegar a Roma –dijo ella, que necesitaba hablar con él de algo.

–¿Roma? –él abrió mucho los ojos–. Yo no he dicho que vayamos a Roma. Vamos a un lugar en la Bahía de Nápoles que le va a gustar mucho a Chloe.

–¿Pero... no quieres ir a ver a tu padre? Pensé que vivía en Roma –dijo ella en tono suave, sabiendo que Stephano no quería hablar de ese tema.

–No, no quiero –frunció el ceño y puso mala cara–. En realidad, preferiría no hablar de él. Por favor, no vuelvas a mencionarlo.

Penny sabía que le había puesto el dedo en la llaga, y pensó en otros momentos en los que había querido abordar el tema de la familia de Stephano. Se dijo que apenas sabía nada del hombre que estaba sentado a su lado, sólo que el tema de su padre le disgustaba. Pero si Stephano no quería ni ir a verlo, ¿quién era ella para discutírselo?

Penny había querido muchísimo a sus padres, y no imaginaba haberse apartado así de ninguno de los dos. Como los dos habían muerto ya, se alegraba mucho de no haberse enfadado nunca con ellos.

Cuando aterrizaron hacía calor, pero muy pronto se montaron en un coche con aire acondicionado conducido por un chófer. Chloe se empeñó en sentarse entre los dos, y Penny se alegró por ello, porque lo cierto era que después de tantas horas en compañía de Stephano estaba un poco nerviosa. En ese momento estaba más pendiente de él de lo que lo había estado nunca; y empezaba a preguntarse si había hecho bien en sugerir esa idea.

Salvo que ella lo había hecho todo de buena fe; porque en ningún momento había pensado que Stephano le pediría que se fuera con ellos de vacaciones. Pero al final lo había hecho, y tenían por delante toda una semana, o tal vez incluso más; y Penny no sabía qué esperaba él de ella.

Un rato después, el coche se detuvo delante de unas vallas electrónicas, que se abrieron de inmediato. Un ascensor instalado en la ladera de la colina los llevó hasta una impresionante terraza abierta. La villa se alzaba majestuosamente ante sus ojos.

Penny se quedó anonadada, mirándola.

—¿Aquí es donde pasabas las vacaciones de niño?

No sólo era enorme, llena de ventanas y de balcones que daban a las aguas turquesas del mar, sino que también tenía un precioso diseño arquitectónico. Las paredes eran de un blanco deslumbrante, y había arcos, pilares e incluso algunas almenas. Era verdaderamente magnífica.

–¿Pertenece a tu familia? –preguntó asombrada.

Incluso Chloe estaba impresionada.

–Es de mi abuelo... o era, porque murió el año pasado. Mi padre es ahora el dueño, pero él no viene nunca. La tiene abierta para cualquier familiar que quiera utilizarla.

De modo que había estado en contacto con su padre, pensaba Penny, aunque prefirió no decir nada.

–Es una maravilla.

Stephano sonrió.

–La verdad es que había olvidado lo maravillosa que es; aunque cuando era pequeño me parecía muchísimo más grande. Supongo que a Chloe le parecerá enorme, ¿verdad, *mio bello*?

La villa tenía más habitaciones de las que utilizarían, más cuartos de baño, más de todo, en realidad; además, había tres terrazas y dos piscinas, ambas valladas. Incluso tenían su propia playa privada.

También había una criada, una cocinera y un guardés que cuidaba de los jardines y de las piscinas. El lujo se alternaba con la tradición en aquella casa de ensueño.

Chloe estaba tan cansada del viaje, que nada más meterse en la cama se había quedado dormida.

–Sugiero que nos tomemos algo –anunció Stephano en cuanto salieron de la habitación de la niña–. Podemos tomarlo en la terraza y contemplar las vistas.

–Tengo que sacar las cosas de la maleta.

–Eso lo hará la criada –le aseguró él–; para eso está... ¿Qué te pasa? ¿No quieres mi compañía?

En su voz había cierta irritación, y Penny sacudió la cabeza.

–Es que no dejo de pensar que sigo siendo empleada tuya. No es lógico que pase tanto rato contigo.

–¿Y entonces qué vas a hacer? –le preguntó con gesto expresivo, mientras se fijaba cuidadosamente en su reacción.

Penny se encogió de hombros.

–Lo ves; no tienes nada que hacer salvo hacerme compañía. Además, es mi deseo. Ven.

La agarró del codo y salió fuera con ella, donde se sentaron en unas butacas de mimbre bajo un toldo enorme. El océano era una mezcla de verdes y azules, moteado con alguna vela de vez en cuando, y en el horizonte se distinguía la forma de algún transatlántico.

Todo era plácido, salvo el ritmo de su corazón.

–Todo esto es precioso –comentó ella con una leve sonrisa.

–Sabía que te gustaría.

–¿Y no has vuelto desde niño?

–No –Stephano sonrió con nostalgia–. No tuve tiempo. Fui a la universidad, empecé a montar mi negocio... tuve que olvidarme de las vacaciones. Y, además, no estaría aquí de no haber sido por tu insistencia.

Ella sonrió.

–Entonces me alegro de haberte presionado.

A Penny le dio un vuelco el corazón cuando él le sonrió y la miró con ojos tiernos.

–Sus bebidas, *signor* –la criada apareció junto a ellos sin hacer ruido.

Penny se alegró de la interrupción y observó a la joven criada, que en ese momento dejaba dos vasos y una jarra en una mesa baja.

Cuando lo probó notó que llevaba alcohol; miró a Stephano y frunció un poco el ceño.

–¿No te gusta?

–¿Qué es?

–Ponche de frutas, creo que lo llamarías así. Es una receta tradicional de la familia; es muy refrescante.

–Y embriagadora –dijo ella.

–Es cierto, si tomas mucho se te sube a la cabeza –dijo él–. ¿Pero eso es malo? Hemos pasado un día muy largo; merecemos relajarnos y disfrutar.

Penny tomó una aceituna, mordió la mitad y miró la otra parte, como si fuera muy interesante, con tal de no tener que mirar a Stephano.

–Lo dices como si tú y yo estuviéramos de vacaciones juntos, no como empleada y jefe.

–¿Así es como quieres que sea? –le preguntó Stephano–. ¿No quieres que seamos amigos?

Penny se atrevió a mirarlo, y vio su expresión ceñuda. Por supuesto que quería más; porque esa única vez que habían estado juntos le había dejado con la miel en los labios. Pero las aventuras no eran para ella, y nunca lo serían. No podía entregarse a un hombre que no estuviera interesado en una relación a largo plazo, idealmente en el matrimonio. Y sabía que Stephano no tenía intención de volverse a casar.

–No podemos evitar ser como mucho amigos, digo yo –dijo ella–, teniendo en cuenta que ambos queremos lo mejor para Chloe.

–Quiero a mi hija –dijo él mientras la observaba con sus vigilantes ojos marrones–, y sé que tú ya le has tomado mucho cariño. Pero ambos tenemos nuestras vidas, aparte de Chloe.

–Naturalmente –concedió Penny–. Yo estoy aquí porque soy su niñera. Tú eres su padre. Eso es lo que somos.

–¿Entonces, si te dijera que te quiero en mi cama de nuevo, te negarías?

Fue su tono de voz, ronco y sensual, lo que le hizo estremecerse, y la caricia de su mirada; y Penny supo que estaba perdida. Era imposible resistirse a aquel italiano tan apuesto y encantador.

–Fue un error que no querría repetir –dijo Penny con toda la firmeza posible.

Pero no había convencimiento en sus palabras, y Stephano lo sabía; Penny notó su mirada de especulación, sabiendo que iba a disfrutar de la caza tanto como de la rendición.

Stephano sabía muy bien que le había pedido que los acompañara porque necesitaba su ayuda y compañía. Pensaba en ella constantemente, su cuerpo le pedía que satisficiera ese deseo ardiente, y tenerla tan cerca sin poder tocarla le estaba volviendo loco.

Aún era pronto, pero esperaba que con los días, en aquel maravilloso entorno y teniendo en cuenta que estarían juntos todo el día, pudiera recompensarle de nuevo con la maravillosa y desinhibida mujer que había compartido su cama antes.

–¿Te gusta el cóctel?

–Está delicioso –dijo ella–. Pero no me voy a olvidar de que tiene alcohol.

–Sólo un poquito –dijo él, quitándole importancia–. No tienes por qué preocuparte; no te vas a emborrachar. Cuéntame algo de tu infancia, Penny. Dices que tu padre murió cuando eras pequeña... ¿qué edad tenías?

–Cinco años –dijo ella.

–La edad de Chloe. Qué triste.

–Por eso te animo a que pases más tiempo con tu hija –dijo Penny con urgencia–. Es una época tan importante de su vida, que querrás que recuerde con placer todos estos años. Mi padre y yo hicimos juntos cosas maravillosas. Siempre parecía estar jugando conmigo, sacándome por ahí, comprándome caprichitos... claro que no teníamos demasiado dinero. Pero jamás olvidaré esos años.

Habló de corazón y con tanta sinceridad que Stephano se imaginó a Penny de pequeña en compañía de su padre. Sintió el amor y la alegría, la amistad y la felicidad que Helena, su primera esposa, le había negado a Chloe durante los primeros años de vida.

Penny le había abierto los ojos, le había hecho ver que su hija lloraba por dentro porque él no sabía amarla.

De pronto sintió el deseo de entrar corriendo, de abrazar a Chloe, de decirle lo mucho que significaba para él. Cuando se despertara lo haría; en ese momento tenía a la bella Penny para que le hiciera compañía; bella y excitante...

Sólo con mirarla se ponía a imaginar un montón de cosas que podría hacer con ella. Bien pensado, jamás había tenido que hacer tanto esfuerzo por dominarse.

–Parece que tu padre fue un hombre maravilloso.

–Lo fue –respondió ella con facilidad–. Mi madre se quedó hundida cuando murió. Fue en un accidente de coche. No tuvo tiempo de decirle adiós, ni lo mucho que lo amaba. Nos enseñó a mi hermana y a mí la importancia de decirle a una persona que la amas. Así que eso fue lo que hicimos a partir de entonces; hasta que ella... –a Penny se le saltaron las lágrimas–, hasta que murió. Estuvo enferma mucho tiempo, de modo que lo esperábamos, sin embargo fue muy duro. Aún la echo de menos.

Stephano no pudo contenerse. Se levantó, se arrodilló delante de ella y la abrazó.

Penny sabía que él la estaba consolando como ella lo había consolado a él. Aunque no quería ni pensar en cómo habían terminado la otra vez. Pero no lo empujó, sino que se deleitó aspirando su aroma, dejando que se llevara su tristeza, convenciéndose de nuevo de que era el hombre más emocionante que había conocido en su vida.

Cuando la soltó y volvió a su asiento, Penny se sorprendió. Había esperado que él la besara, tal vez algo más, y a pesar de todo, se sintió decepcionada. Pero aunque no la besó, sí que la acarició con su mirada de ojos marrones; como si le estuviera haciendo el amor.

Penny sintió que se le ponían duros los pezones, que cada una de sus zonas erógenas estaba alerta, y cuando sintió un insoportable calor entre las piernas, cuando no pudo menos que retorcerse en el asiento, entendió que tenía que hacer algo para distraerse.

Así que decidió dar un trago del zumo; un buen trago, aunque tuviera alcohol. Pero le temblaba tanto la mano que tiró el vaso.

—Déjalo —le dijo Stephano al ver que ella quería recogerlo—. Isabella lo limpiará.

Momentos después apareció la criada, que retiró el vaso y le llevó otro, y recogió con una bayeta el líquido vertido. Penny estaba avergonzada. Stephano, sin embargo, se comportaba como si no hubiera pasado nada.

¡Qué Dios se apiadara de ella si ese tormento iba a acompañarla durante todas las vacaciones!

—Me gustaría pasear un rato —dijo ella, consternada al notar que le temblaba un poco la voz.

Se sentía débil y nerviosa, y le habría gustado estar un rato a solas; pero eso no podría ser.

—Buena idea —dijo Stephano mientras se ponía de pie de un salto—. Ven que te enseñe las maravillas que encierra este lugar.

Al final de la terraza había una zona de comedor con una mesa grande, como para ocho personas. Cruzaron una verja y bajaron unos escalones de piedra y llegaron a otra terraza donde había una piscina en forma de riñón de agua cristalina que resplandecía al sol. Alrededor había una impresionante colección de hamacas; pero lo más tentador de todo era una bañera de hidromasaje. Penny se imaginó sumergida en ella, disfrutando de las vistas mientras su cuerpo se relajaba y estimulaba al mismo tiempo.

Stephano vio que la miraba.

–¿Nos metemos? –le preguntó en voz baja.

¡Juntos! Penny negó con la cabeza. Era demasiado íntimo, y ella necesitaba distanciarse de él, no lo contrario.

Entonces él apretó un botón que había en la pared. Se abrió una puerta que ella no había visto, y Stephano se retiró para dejarle pasar.

–¿Qué es esto? –le preguntó ella con sospecha.

–Un ascensor que baja hasta la playa. Se me ocurrió que tal vez te apeteciera pasear un rato por la orilla; a lo mejor sopla un poco de brisa junto al mar. A veces en las terrazas hace mucho calor.

Penny asintió.

–Sí que hace calor.

Las puertas se cerraron en silencio, y los dos quedaron encerrados en aquel espacio reducido y silencioso. Penny se olvidó de respirar; tan sólo fue capaz de cerrar los ojos y quedarse quieta, pegada a la pared de metal.

–¿Te dan miedo los ascensores? –le preguntó Stephano de pronto.

–Un poco, una vez me quedé encerrada en uno tres horas.

Ella no se había acordado, pero como Stephano le dijera eso, le pareció una buena excusa.

Inmediatamente él se acercó y la abrazó.

–Deberías habérmelo dicho... Hay escalones para bajar; muchos, la verdad, pero...

Penny no lo escuchaba, pero sí que sentía el fuerte latido de su corazón. Rezó para que llegaran pronto.

Le convenía que él pensara que tenía miedo de bajar en ascensor, cuando era él quien más la aterraba.

Pero cuando su boca reclamó la suya con un beso, Penny supo que estaba perdida.

Capítulo 7

PENNY se olvidó de dónde estaba, tan sólo consciente del sabor de sus labios, de la sensación de su cuerpo fuerte y caliente, y de cómo la sangre le corría por las venas.

Stephano era un experto en el arte de besar, y en ese momento, la estaba volviendo loca de deseo.

Su aroma la envolvía en el pequeño espacio, anegaba sus sentidos, la dominaba.

Penny le echó los brazos al cuello y enredó los dedos en su pelo, acercando su cabeza y besándolo con el mismo ardor que él a ella. Sus lenguas se juntaron, saboreando y provocando, hasta que Penny sólo deseaba más.

—Ya estás a salvo...

La voz de Stephano rompió el hechizo, y Penny vio que el ascensor se había parado. En ese momento se abrieron las puertas y entró una ráfaga de aire caliente.

Aturdida, Penny se tambaleó antes de avanzar un paso. Él la agarró de inmediato.

—Lo siento —dijo ella.

—¿Por qué? —Stephano sonrió levemente—. ¿Por besarme o por tener miedo de bajar en ascensor? Si gracias al beso te has olvidado del miedo, entonces ha valido para algo, y no tienes por qué disculparte.

—No debería haberme dejado besar.

Había sido un grave error; un error que podría tener graves consecuencias.

Pero se sentía confusa, como si le hubieran dado a probar algo exquisito y después se lo hubieran arrebatado. Quiso decir algo que la distrajera, pero la cabeza no le funcionaba.

–Chloe –dijo con urgencia–. ¿Y si se despierta? Está en una casa extraña, y...

Stephano le puso el dedo en los labios.

–No tienes por qué preocuparte. Isabella la vigilará.

Penny asintió. Deseaba pasarle la lengua por el dedo, metérselo en la boca, mantener vivas esas sensaciones que aún latían por todas partes. Pero el sentido común prevaleció, y se apartó de él y echó a andar por la arena blanca. Era una playa diminuta en forma de media luna. Por una parte, Penny estaba feliz de poder estar en un lugar tan bello y auténtico, pero por otra los sentimientos descontrolados la aturdían.

Se quitó las sandalias y dejó que el agua fresca le acariciara los pies. Sintió deseos de quitarse la ropa y nadar desnuda en las cálidas aguas, pero por supuesto no lo hizo. Un día se escaparía sin que nadie la viera y lo haría a escondidas.

Era una playa privada, rodeada de altos acantilados y vegetación. Ni siquiera se veía la villa desde allí, de modo que parecía como si estuvieran solos en el mundo, en un lugar mágico.

–¿Qué piensas?

La voz de Stephano sonó muy próxima, ronca y sensual, y Penny se dio la vuelta y vio que estaba a pocos centímetros de ella. Él también se había quitado los zapatos y los calcetines y se había enrollado sus pantalones de algodón. Penny se dijo que parecía otro, un hombre despreocupado, nada que ver con el hombre de negocios agresivo que días atrás no había tenido tiempo para estar con su hija.

–Qué precioso es todo esto –dijo Penny para cambiar de tema–. Tienes mucha suerte.

–La suerte es haberte conocido... por el bien de Chloe –añadió, pero sus sensacionales ojos marrones le decían otra cosa, y la miraban de arriba abajo con intensidad, sin perder detalle.

–Si esto fuera mío, me gustaría pasar aquí el mayor tiempo posible.

–Para mí el tiempo es oro –respondió él.

–Pero todo el mundo necesita tomarse unas vacaciones de vez en cuando.

–A lo mejor si fuera en compañía tuya... –le dijo él– me habría venido antes.

Un calor intenso la invadió, y se sintió ardiente de pasión.

–Stephano –Penny se estiró–, soy la niñera de tu hija, nada más, y agradecería que no lo olvidaras con tanta facilidad.

Penny se fijó en su sonrisa, y no pudo menos que pensar en lo que esos labios habían estado haciendo momentos antes. Sin duda era imposible que Stephano se tomara sus comentarios en serio; y ella haría bien en dejar de engañarse a sí misma.

Se había metido en aquel lío, y no sabía cómo salir.

–Creo –dijo él mientras le acariciaba la mejilla–, que mientras estemos aquí deberíamos olvidarnos de nuestra relación laboral. Quiero que te comportes como si fuéramos dos amigos, Stephano y Penny, que juntos van a disfrutar de unas vacaciones bien merecidas.

–Y no te olvides de Chloe –añadió ella enseguida.

–No me olvido, no te preocupes. Pero cuando Chloe está en la cama, no me necesita; y entonces tú eres la única a quien deseo.

No la tocó, pero bastó con mirarla a los ojos. Penny no podía moverse, paralizada por algo muy fuerte.

Desde que había conocido a Stephano se había desarrollado otra personalidad en ella, y no estaba segura de que le hiciera mucha gracia haber caído en sus redes. Era algo emocionante, muy emocionante; pero sabía que no podría durar, y por lo tanto estaba mal.

—No creo que debamos quedarnos mucho rato —dijo ella en voz baja.

—¿Tienes miedo?

Sí, tenía mucho miedo; pero dominó sus pensamientos y esbozó una alegre sonrisa.

—No tengo nada que temer, pero he abandonado mis obligaciones.

—Chloe sigue dormida —le recordó él.

—Eso no puedes saberlo. ¿Cómo se va a sentir cuando se despierte y vea que está rodeada de extraños?

¿Y cómo se iba a sentir ella si se metía de lleno en una aventura amorosa con su jefe?

La pregunta quedó respondida de inmediato. Sabía que se odiaría a sí misma; que sería muy poco profesional por su parte.

—Si estás tan preocupada, debes volver —respondió él—. Yo me voy a quedar aquí un rato —se volvió a mirar el acantilado—. Allí hay unas escaleras, ciento sesenta y dos, para ser más exactos. Hay una barandilla, pero ten cuidado.

Para consternación de Stephano, Penny se alejó sin decir nada más. Había pensado que se echaría atrás por la cantidad de escalones; y, francamente, la deseaba, la necesitaba y quería más de ella.

Ella lo había besado porque no se había podido contener, pero si se marchaba era para dejarle bien claro que no quería una aventura con él. Pero si lo había hecho antes... podría volver a pasar.

Stephano sonrió esperanzado mientras la observaba desaparecer de su vista, escaleras arriba.

Penny terminó de subir las escaleras, pensando sólo en sentarse un rato y tomar algo fresco. Pero en cuanto llegó, Chloe corrió a ella, con Isabella a la zaga.

–Te estaba buscando, Penny. ¿Dónde está mi papá?

Penny se agachó y sonrió.

–Está en la playa, cariño mío. Yo vengo de allí, pero se tarda mucho en bajar.

–¿Podemos ir? –dijo Chloe con ilusión.

–En otro momento, ahora tengo que sentarme un rato –respondió Penny–. Me duelen las piernas.

–Pero, quiero ver a mi papá...

–Estoy segura de que no tardará en llegar, te lo prometo.

Pero Stephano tardó mucho, y cuando llegó, Chloe estaba llorando. Pasado un rato, cuando la había consolado, la niña se fue corriendo a buscar algo de comer, y Penny aprovechó para hablar con él.

–Ha estado esperándote mucho rato. ¿Qué estabas haciendo?

Aunque no hacía falta preguntar, porque tenía el pelo húmedo, los pies descalzos y estaba claro que había estado nadando; como podría haber hecho ella de haberse quedado. El agua tenía tan buena pinta, estaba tan limpia y tan caliente.

–No pensé que pudiera haberse despertado.

–Ése es el problema, que tú nunca piensas –respondió, antes de darse media vuelta e ir en busca de Chloe.

Los días siguientes Stephano se dedicó a entretener a su hija. Iban a nadar todos los días, la niña lo hacía muy bien para su edad y no tenía miedo alguno del agua, y jugaban a los juegos más tontos y divertidos. A Penny le gustaba verlo relajado con su hija, y a Chloe tan a gusto en su compañía.

La niña ya no pensaba que su padre no la quisiera, y se pasaba el día echándole los brazos al cuello y besándolo. Al principio, tanto afecto había incomodado a Stephano, pero éste no tardó demasiado en empezar a corresponder a su hija y a decirle lo mucho que la quería.

Cuando Chloe se acostaba, Penny y Stephano cenaban fuera y se relajaban tras el calor del día. A veces lo llamaban por teléfono y ya no volvía en mucho rato; y en otras ocasiones, Penny se iba corriendo a su habitación antes de que pudieran pasar a algo más.

Ella era consciente de la consternación de Stephano, pero le preocupaba la confianza que crecía entre ellos. Estaba escaldada, y para no volver a pasar por lo mismo mantenía las distancias con Stephano. Le funcionó hasta la noche que él le dijo que la invitaba a cenar fuera.

–No podemos dejar sola a Chloe –protestó–. ¿Cómo se te ocurre?

–Isabella estará pendiente por si necesitara algo. Es hora de que tú y yo salgamos a divertirnos.

¡Él y ella! Lo decía como si ya fueran pareja. Penny sintió pánico.

–No puedo.

Penny escuchó el miedo en su voz. No podía dejar que él se diera cuenta de sus dudas; ni que conociera los sentimientos que evocaba en ella.

–No estaría bien –añadió a la defensiva.

–Siempre dices lo mismo –dijo él frunciendo el ceño–. Olvida tus preocupaciones, tú te vienes conmigo; he tenido mucha paciencia.

–Dicho con tanta delicadeza, ¿cómo negarme?

–Nos marchamos dentro de media hora –dijo sin sonreír, antes de dar media vuelta y marcharse.

¿Qué haría si se negara a ir? ¿La arrastraría a pesar de sus gritos? ¿O se iría y se buscaría la compañía de otra? Sólo de pensarlo, Penny apretó el paso.

Como no tenía nada adecuado que ponerse, optó por una camisola y una falda negra de vuelo.

Stephano la estaba esperando cuando salió, y cuando se volvió a mirarla, Penny se quedó sin aliento.

Llevaba una americana color marfil, pantalón negro y camisa negra. Penny estuvo segura de que nunca había visto a un hombre tan elegante y sexy, y el corazón empezó a latirle con fuerza. No quería salir... sólo quería irse a la cama con él, y cuanto antes mejor; que él la sedujera, que le hiciera el amor toda la noche.

Pero esto sólo era con el pensamiento; por fuera estaba serena, y sonreía con placidez.

Él también la estudió con la mirada, haciéndose de cada detalle.

—¿Te parece bien? —le preguntó en tono bajo.

—Estás espectacular.

Nadie le había dicho eso nunca. Penny sintió un placer tan grande que le entraron ganas de dar una vuelta delante de él. Se sentía más bella de lo que habría creído posible.

—Deberíamos irnos.

Antes incluso de empezar la noche, Penny sabía que el peligro estaba ahí, provocándola, atormentándola.

Stephano se preguntó si estaba siendo sincero consigo mismo. Se había convencido de que quería invitar a Penny a salir para agradecerle lo que estaba haciendo por su hija. ¿Pero no sería en sí mismo en quien estaba pensando en realidad?

Necesitaba la compañía exclusiva de una mujer. Se había convencido de que se comportaría como un caballero con ella, pero al verla tan guapa ya no estaba nada seguro.

—¿Coche nuevo? —preguntó Penny cuando él la acompañó hasta el coche.

–¿No te gusta?

–Sí –reconoció–; pero supuse que siempre ibas con chófer.

–Depende de adónde vaya y con quién.

No había querido una tercera persona implicada esa noche.

–Pero no temas por tu seguridad, no tengo intención de beber mucho.

Quería recordar cada detalle de esa noche; que fuera romántica y perfecta, y esperaba que al final Penny accediera a acostarse con él.

No dejaba de revivir con el pensamiento la única noche que habían pasado juntos. Entonces había descubierto un lado de Penny que ella mostraba raramente, y Stephano deseaba volver a verlo. Desde entonces, ella se encerraba en su coraza para protegerse cada vez que creía que corría peligro.

La llevaba a un restaurante propiedad de un conocido suyo. El local estaba construido en lo alto de un acantilado y las vistas eran espectaculares, si tenían suerte, podrían contemplar una maravillosa puesta de sol. Penny no se quedaría impasible.

Ella iba callada durante el camino, y Stephano sabía que en el fondo habría preferido no salir con él.

–Siento haberte obligado a salir conmigo –dijo él, echándole una mirada de reojo–, pero estoy seguro de que te va a encantar.

–Sí, estoy segura –respondió ella con serenidad.

Stephano sintió deseos de parar el coche en el arcén y besarla hasta que le corriera fuego por las venas, hasta que ya no pudiera controlarse.

Pero por supuesto, no lo hizo; de momento, le dejaría estar.

–El restaurante no está muy lejos.

No hubo respuesta.

–¿Tienes hambre?

Ella se encogió de hombros.

–La comida es deliciosa. ¿Te gusta la comida italiana tradicional?

–A veces.

Stephano empezaba a perder la paciencia.

–¿Y será esta noche una de esas veces?

Finalmente, Penny se volvió a mirarlo.

–Stephano, estoy aquí porque soy una persona tolerante. ¿Cómo sé lo que voy a comer hasta que no vea el menú?

Stephano agarró el volante con fuerza, visiblemente molesto.

–Siento que pienses así. Tal vez sería mejor llevarte a casa y volver para cenar solo; pero te perderías una cena especial.

Penny finalmente se dio cuenta. ¿Para qué enfadar a Stephano? Él se había tomado muchas molestias para preparar aquella salida, y ella se estaba comportando como una niña. En realidad, tenía mucho miedo. Para empezar, estaba ya muy nerviosa y excitada, teniendo en cuenta que cada vez que Stephano cambiaba de marcha, su mano pasaba muy cerca de la suya.

Stephano despertaba sus sentidos, y en ese momento, lo que más deseaba Penny era saborearlo. Quería tomarle la mano y llevársela a los labios. Quería besarle los dedos y metérselos en la boca.

¿Se atrevería a hacerlo?

Capítulo 8

QUÉ MARAVILLA! ¡Es impresionante!
Penny no sabía qué decir para describir lo que
sentía. Cuando habían cruzado la puerta principal, le había parecido un restaurante italiano más. Sólo
cuando accedieron al local se dio cuenta de que aquél
era especial.

Estaban en una terraza que sobresalía del acantilado; casi como si estuviera suspendida en el aire.
Apoyada sobre la bonita barandilla blanca, Penny vio
un pueblo al pie del acantilado, en la costa. A ambos
lados, varias villas de lujo se alzaban entre los precipi-
cios. Stephano señaló la playa.

—Nosotros estamos justo detrás de ese cabo.

Penny habría preferido que no se acercara tanto a
ella. Él le puso la mano en el hombro y su calor, su
aroma tan viril y tan particular, eran demasiado inten-
sos para controlarse. Se dio la vuelta, y no vio la decepción en su mirada.

En el coche no se había atrevido a tomarle la mano
por miedo a que él se diera cuenta de lo mucho que lo
deseaba; porque de haberlo hecho, se habrían visto
arrastrados por la pasión y no habrían llegado al restaurante. Era fundamental que le quitara importancia a
todo; porque iniciar una relación con Stephano sólo la
conduciría a la infelicidad.

Un camarero le retiró la silla de una mesa un tanto
alejada de los demás comensales, para tener un poco

más de intimidad. Entonces Stephano le dijo algo en italiano y el hombre inclinó la cabeza y desapareció.

–¡Stephano! –exclamó un hombre delgado que se acercó a ellos momentos después con una sonrisa en los labios–. Cuánto tiempo sin verte, amigo mío.

Los hombres se dieron la mano y unas palmadas en la espalda.

–Ahora preséntame a esta preciosa joven. Una rosa inglesa, sin duda. ¿Quién es? ¿Qué significa para ti?

Stephano sonrió.

–Demasiadas preguntas. Ésta es Penny. Penny, te presento a un viejo amigo, Enrico. Fuimos juntos al colegio; pero últimamente casi no nos vemos...

–Porque te has empeñado en vivir en Inglaterra –respondió el hombre, mientras le daba dos besos a Penny, que se puso de pie para saludarlo–. ¿Tú le entiendes –le preguntó a ella– teniendo aquí tanta belleza?

–Inglaterra también es un bello país –declaro Penny–. ¿Has estado allí alguna vez?

Enrico se encogió de hombros y negó con la cabeza.

–Desgraciadamente, no. No tengo tiempo. Dirijo yo el restaurante, y tengo una gran familia. Es... –abrió los brazos– todo lo que deseo. Soy un hombre feliz. Esta noche, quiero que vosotros dos seáis felices –los miró con curiosidad.

Penny quería decirle que ella no era novia de Stephano, pero éste se le adelantó.

–Somos... amigos recientes, Enrico. Nos estamos conociendo.

–¡Ah! –el italiano asintió con gesto de complicidad–. Entonces os dejo. *Buon appetito.*

Cuando Enrico se marchó, Penny lo miró con irritación.

–Le has dado a entender que somos...

–Es mejor así –la interrumpió Stephano–. Enrico es un romántico incurable que ama el amor. Así se quedará contento.

Penny se dijo que no debía exagerar, ya que seguramente no volverían a ver a Enrico. De modo que se encogió de hombros. Entonces volvió el camarero.

Mientras tomaban un poco de vino y esperaban a que llegara la cena, el sol, en toda su gloria, se fue hundiendo en el horizonte hasta que finalmente desapareció. Penny se quedó sin aliento mientras contemplaba la paleta de colores que inundaba el firmamento. A ella siempre le había encantado la puesta de sol, y ésa no la decepcionó. En el cielo había todos los colores imaginables, una gama de naranjas y rojos, morados y azules, todos reflejados además en las serenas aguas del mar.

Cuando miró a Stephano, Penny tenía los ojos brillantes.

Se sorprendió al ver que él la estaba mirando.

–¿A que ha sido increíble? –dijo Penny con una amplia sonrisa en el rostro, intentando ignorar la respuesta inmediata que su mirada le provocaba.

–Hemos tenido suerte.

–Ha sido asombroso.

–Me alegro de que te haya gustado tanto.

Penny sabía que si hubieran contemplado la puesta de sol desde la villa, no habría sido lo mismo. Desde allí era especial; el ambiente era distinto. Todas las mesas las ocupaban parejas, todos embelesados con sus enamorados, todos contemplando la bella puesta de sol; y todos tomándose las manos, o besándose. Ella también quería besar a Stephano, y que él la besara.

Desgraciadamente, se dio cuenta de que se estaba enamorando de Stephano. Lo malo era que a él no le interesaba el amor, ni tener una relación seria. Penny sabía que sería imposible seguir trabajando para él sintiendo lo que sentía por su jefe; pero la mera idea de marcharse le ponía enferma.

Stephano era el hombre de sus sueños, y tan distinto a Max. Stephano conseguía que ella se sintiera bien consigo misma, femenina, sexy y bella, y Penny estaba segura de que quería pasar su vida junto a él. Por supuesto, eso no era posible; porque Stephano le había dejado muy claro que no quería volver a casarse.

Les llevaron el primer plato cuando empezaba a anochecer, y cuando los camareros empezaron a encender las velas de las mesas el ambiente se hizo más íntimo. Le resultaba difícil no dejarse llevar por la tentación. Stephano no dejaba de mirarla, sin duda consciente de las emociones que la embargaban en ese momento. Si alguna vez averiguaba lo que ella sentía de verdad, se aprovecharía y sería su perdición.

Al *risotto* que tomaron de primero, le siguió lubina asada, y un helado de postre. Stephano eligió un vino exquisito para los dos primeros platos, aunque, fiel a su promesa, sólo se tomó una copa.

Stephano detestaba reconocer, incluso para sí, que Penny le había calado hondo como nadie lo había conseguido desde que muriera su esposa. No se parecía en nada a Helena; pero a la vez era una persona cariñosa y detallista, que pensaba siempre no sólo en el bienestar de Chloe, sino también en el suyo. A pesar de esto, no estaba muy seguro de que quisiera tener algo serio con ella. Y no podía permitirse cometer otro error.

¿Entonces por qué en ese momento se acercaba a ella? ¿Por qué le alzaba la barbilla y la miraba ardientemente, momentos antes de besarla?

Nada más rozar sus labios, se desató la tormenta. Aquél había sido el verdadero propósito de la salida esa noche, casi seguro de que la puesta de sol sería espectacular y de que la belleza del ambiente exaltaría sus sentidos y la invitaría a responderle.

Al besarla sintió el temblor apenas perceptible de sus labios, y sintió un suave suspiro antes de empezar a saborear su dulzura. Con la otra mano le agarró la parte de atrás de la cabeza, para asegurarse de que no se apartaría de él.

Deslizó la mano por el cuello hasta sentir el pulso un momento, antes de continuar su camino. Su camisola era de tela suave, como de seda, y enseguida percibió la turgencia de sus pechos a través de la tela, comprobando que no se había equivocado al pensar que no llevaba sujetador.

–Vámonos de aquí –rugió él con voz ronca.

Y para que Penny no tuviera oportunidad de cambiar de opinión, cuando se montaron en el coche le tomó la mano y se la colocó en el muslo; él hizo lo mismo, y sólo la retiraba cuando tenía que cambiar de marcha.

No estaba seguro, pero le dio la impresión de que la mano de Penny avanzaba muy despacio hacia la parte de su anatomía que en ese momento estaba al rojo vivo.

Si se tocaban, explotaría.

–Sálvame –susurró él.

Penny se echó a reír, y a él le pareció el sonido más bello que había escuchado en su vida.

–¿De quién? ¿De ti mismo? –le dijo ella en tono de provocación.

Stephano murmuró algo en italiano, con su voz grave y sensual, incitando de nuevo la urgente necesidad que Penny sentía en sus entrañas. Aunque no se había dicho nada, Penny sabía ya que esa noche la pasaría en la cama de Stephano. Y con eso en mente, y totalmente olvidado todo lo que había estado rumiando esa misma tarde, se dedicó a incitarlo y a aumentar su deseo.

Quería que él le hiciera el amor como nunca, que le dejara sin aliento, que le hiciera perderse en las sensaciones toda la noche. Quería recuerdos que la acompañaran el resto de sus días. Stephano sabía lo que hacía cuando la había llevado a aquel restaurante en particular; sabía que despertaría su lado romántico y sensible. ¡Y tanto! Era suya, si él la quería.

Tan sólo una débil vocecita en su interior hizo intención de advertirle del peligro; pero Penny ignoró la sensación. Su cuerpo se moría por ser poseído, quería sentir las manos de Stephano explorándola y descubriendo todos sus rincones íntimos, incitando un deseo profundo, haciéndola estremecerse y retorcerse de placer.

–¡*Mio Dio!* ¿Te das cuenta de lo que estás haciendo? Si no tienes cuidado, vamos a tener un accidente.

De mala gana, Penny se recostó en el asiento y cerró los ojos, y se dejó llevar con el pensamiento. Dejó la mano sobre el muslo de Stephano y se deleitó acariciándolo, sabiendo del poder que tenía sobre él. Fue capaz de olvidar que él era su jefe, y lo vio sólo como un hombre capaz de torturar su alma, de dejarla muerta de deseo.

Cuando llegaron a casa y Stephano la llevó a su dormitorio, ella le dio la mano con fuerza, confirmándole que su necesidad era tan profunda como la suya.

Una vez ahí, sin embargo, Stephano se olvidó de las prisas.

–La noche es nuestra –dijo en tono ronco y sensual–. No hay necesidad de ir deprisa.

Stephano no la acariciaba aún, sino que sus ojos hicieron todo el trabajo; la desnudó con la mirada, notó cómo se le ponían los pechos y los pezones duros, vio cómo se pasaba la lengua por los labios, y notó cómo no podía estarse quieta, porque el deseo que sentía era tan grande que no podía parar.

–Te deseo, Stephano –le dijo con la garganta seca, sus palabras fueron roncas y sensuales, y por un instante sintió vergüenza por ser tan transparente.

–¿Cuánto? –le preguntó él, mientras fijaba en ella su mirada intensa.

–Demasiado –reconoció ella.

–Imposible, nunca es demasiado.

–Demasiado para mi tranquilidad.

–¡Ah! ¿Sigues pensando que está mal querer hacer el amor con tu jefe?

Penny asintió, deseando que él no lo hubiera expresado así. Ella estaba desesperada por él; pero al decirlo él parecía como si fuera algo malo.

–¿No te parece que el amor prohibido es algo peligroso?

Fue su modo de hablar, su acento fuerte, lo que le hizo precipitarse. ¿Prohibido? ¡Sí! ¡Y sabía que no estaba bien! ¡Pero lo deseaba tanto!

–Me gusta el peligro –afirmó mientras avanzaba hacia él, muerta de deseo.

Se pegó a él y le echó los brazos al cuello, antes de acercar los labios a los suyos. Entonces lo besó con tanta pasión, que supo que después se avergonzaría en algún momento de todo ello.

A Stephano le bastó con eso para agarrarla con fuerza y besarla con el mismo ardor y la misma pasión que había demostrado ella, y la exploró y provocó, atizando el fuego en su interior.

Y cuando empezó a acariciarla, le retiró la camisola y le tocó los pechos y los pezones, hasta que ella arqueó la espalda y pegó sus caderas a las suyas. La fuerza de su erección la sorprendió y excitó, y al momento él la llevaba ya en brazos a la cama.

Ella ya había volado a un mundo íntimo, un mundo donde sólo importaba el placer, donde sólo importaba él y las sensaciones que amenazaban con explotar de un momento a otro.

Stephano le quitó la camisola y la falda en dos segundos, y después se desnudó él a la misma velocidad. La aplastó sobre la cama con su cuerpo, mirándola con ardor, y Penny sintió que empezaba a faltarle el aire. Se le quedó la boca seca, los labios secos, porque lo deseaba tanto que casi le dolía.

–¡Stephano! –susurró.

–¡Penny! –gimió él.

–¡*Papá!*

Los dos se quedaron inmóviles, y aguzaron el oído.

–¡Papi! ¡Papi!

–No te muevas –le dijo él–. Enseguida vuelvo.

Capítulo 9

PENNY no podía quedarse en la cama, esperando a que volviera Stephano. Así que se puso la ropa y lo siguió a la habitación de Chloe. La inquietud se había encargado de sofocar el deseo. Chloe había llamado a su padre claramente asustada.

Lo mejor de todo era que había llamado a su padre, y no a ella; Stephano estaría contento.

Chloe estaba sentada en la cama, con los ojos muy abiertos, asustada, y Stephano la acurrucaba sobre su pecho mientras le acariciaba la cabeza y murmuraba palabras en italiano que ninguna de las dos entendieron. Pero fuera lo que fuera pareció tranquilizar a la niña, que pasados unos momentos incluso sonrió un poco.

Stephano sólo llevaba unos boxer, y estaba desnudo de cintura para arriba, tan sólo pendiente de su niña. Ya no le tenía miedo a su hija, y se notaba que la trataba con cariño y naturalidad, que ya no se sentía mal con ella. La escena conmovió a Penny, que se sintió un poco como una intrusa.

Pero cuando se dio la vuelta para marcharse, Stephano la llamó.

–Ven con nosotros –le dijo en voz baja.

De modo que se subió a la cama, sentándose al otro lado de Chloe.

–¿Has tenido un mal sueño? –le preguntó a Chloe. La niña asintió.

–¿Pero ahora te encuentras mejor?

La niña volvió a asentir, y le echó un brazo al cuello a cada uno.

–¿Podéis dormir conmigo?

Penny miró a Stephano, y entendió que él estaba pensando que no había imaginado terminar la noche así. Claro que ella tampoco. Pero Chloe los necesitaba. La verdad, parecía como si la niña la estuviera invitando a que ocupara el lugar de su madre. Penny jamás podría hacer eso; pero podría hacer de sustituta esa noche.

Sonrió a Stephano por encima de la cabeza de Chloe. Él volteó los ojos, fingiendo impotencia.

–Creo que sí, *mio bello*.

Penny le dijo adiós a una noche de pasión y se metió en la cama con la niña; Stephano hizo lo mismo. Era la primera vez en su vida que alguien lo interrumpía cuando estaba a punto de hacer el amor; y sabía que si alguien le hubiera molestado en una situación así en el pasado, él se habría enfadado muchísimo. Sin embargo, en ese momento apenas le afectó. Penny podría esperar, y estaba casi seguro de que tendría acceso al placer cuando quisiera. Pero lo de su hija era distinto, era algo que ya tenía claro. Había aprendido a amar aquel rebujo de alegría, y su tranquilidad era lo más importante para él.

Se quedó dormido junto a su hija, y cuando se despertó al día siguiente le sorprendió que ya fuera de día. Penny no estaba, y Chloe le hacía cosquillas en la nariz para despertarlo.

–Papi, roncas.

–No ronco –dijo él.

–Sí, haces así –la niña empezó a imitar los ronquidos con mucha solemnidad.

Stephano empezó a hacerle cosquillas, y al poco

rato los dos estaban muertos de risa encima de la cama. Entonces llegó Penny.

–Ya es hora de que te vistas –le dijo a Chloe.

Stephano se dijo que Penny estaba más preciosa que nunca esa mañana. Se había dado una ducha y llevaba una falda blanca por encima de la rodilla y una camiseta de manga corta. Tenía el pelo aún húmedo, y se le rizaban la punta de los mechones sobre los pechos turgentes. Deseó tocarla, acariciar su bella melena, deleitarse de nuevo con aquella parte de su cuerpo.

Esa noche, pensaba esperanzado. Esa noche se la llevaría a la cama y no la dejaría marchar hasta que no despuntara el alba. Le habría gustado hacerlo en ese momento, porque su testosterona se le había disparado nada más entrar ella en la habitación.

Pero sabía que después de pasar tantos años pensando sólo en sí mismo, tenía que pensar en su hija. No podía dejarla al cuidado de otra persona sólo porque quisiera hacer el amor con su niñera.

Cada vez le costaba más pensar en Penny como en la niñera de Chloe. Sentía que le pertenecía, y ya no la veía como a uno de sus empleados. Ella era Penny, su amante.

La noche anterior, cuando ella se había desinhibido y se había acercado a él, Stephano se había emocionado. Y todo había sido tan inesperado y erótico, que estaba deseando repetir la experiencia en cuanto Chloe se metiera en la cama.

–No quiero levantarme todavía –dijo Chloe–. Estoy jugando con papi.

–Papi también se va a levantar –dijo él–. Pero después de desayunar, si eres muy buena, iremos a nadar al mar. ¿Te apetece?

Chloe asintió con énfasis.

–¿Penny también?

–Penny también –concedió Stephano, mirando a Penny–.

Ella trató de disimular que aún lo deseaba, pero Stephano se lo notó y sonrió; y sonrió todavía más cuando Penny se dio la vuelta y salió de la habitación con Chloe.

Hasta media mañana no bajaron a la playa. Stephano había tenido que ir a atender una llamada, y Chloe y Penny se entretuvieron explorando el jardín y contemplando las tranquilas y azules aguas del Mediterráneo desde la terraza.

Finalmente Stephano volvió y juntos bajaron a la playa en el ascensor. Chloe estaba tan emocionada que no podía parar quieta. Sin embargo, Penny notó que Stephano estaba distinto, como más callado, y quiso preguntarle por su llamada de teléfono. Fuera lo que fuera, le había fastidiado. Penny sabía que no era asunto suyo, que seguramente tendría que ver con el negocio, e hizo lo posible por ignorar su extraño humor y por fingir que todo iba bien.

En el agua Chloe estaba en su elemento, y Stephano era tan bueno con ella que Penny se quedó un buen rato mirándolos. Parecía que se había olvidado de sus preocupaciones, porque hizo lo posible para divertirse con su hija, algo que Penny agradeció enormemente.

Pasaron el día entero jugando con ella, y cuando Chloe se fue a la cama, cenaron en la terraza. El sol se había ocultado hacía rato, la brisa era un poco más fresca y las luces de la terraza le daban al ambiente un toque íntimo. Era una noche para los amantes, como había sido cada noche desde que habían llegado allí.

–¿Sabes que te quiero en mi cama esta noche? –su voz fue un mero susurro, un latido.

Penny aspiró hondo y asintió. Sabía que si intentaba hablar, no le saldría la voz. Además, no podía negar que también deseaba acostarse con él. La mera idea le aceleraba el pulso, le calentaba la sangre, y le entraban ganas de ponerse a cantar y a bailar.

–Me encanta jugar con Chloe, pero un hombre necesita algo más.

Stephano no dejó de mirarla con sus maravillosos ojos oscuros, y Penny se dijo que no quería esperar hasta después. Lo deseaba en ese momento, en ese mismo segundo.

–Yo también necesito más –confesó ella en tono ronco.

Tal vez fuera su manera de decirlo, o su mirada suplicante, pero Stephano se levantó con tanto descuido y rapidez que estuvo a punto de tirar la silla al suelo. La levantó en brazos y la estrechó contra su cuerpo. Su aroma invadió sus sentidos, tan potente como cualquier otra droga. Stephano la estaba haciendo suya, y ella se sometía a él sin ser capaz de elaborar ningún pensamiento racional.

Stephano le hizo el amor de un modo tan espectacular como Penny había imaginado. Alcanzaron cimas inimaginables, elevándose a otros mundos. Sus cuerpos estaban tan en armonía el uno con el otro, que cada uno intuía y sabía lo que el otro necesitaba sin necesidad de palabras.

Le pareció como si apenas hubiera existido antes, en espera de que llegara el hombre adecuado y la despertara, y la liberara de sus inhibiciones. En ese momento se sintió viva y alcanzó unos niveles de sensualidad que amenazaban con derretirle hasta los huesos.

Pero en el fondo sabía que todo eso terminaría un día. No podría ser de otro modo. Sin embargo, de momento prefería olvidarse de eso y tomar lo que él le ofrecía.

Se tocaron y saborearon, se exploraron y provocaron, y cada uno dio y tomó todo lo posible. Durmieron y se despertaron varias veces durante la noche. Y cada vez que empezaban de nuevo, era como estar con otra persona, con otro hombre. Su cuerpo nunca había sido tan utilizado; y ella jamás había disfrutado de un placer tan intenso, de una satisfacción tan grande. No quería que terminara la noche. Pero al final se quedó tan profundamente dormida que no se despertó hasta media mañana.

Al ver la cama vacía y recordar todo lo que habían hecho la noche anterior, sintió vergüenza por su comportamiento desenfrenado. Stephano debía de haber pensado que había muerto y había alcanzado la gloria, porque ella no se había contenido en absoluto. Penny se levantó de la cama con las mejillas coloradas y corrió a darse una ducha.

Cuando Stephano la vio, se deleitó con su timidez y su recato. ¡Qué preciosidad de mujer! En la cama había sido una sirena, y en ese momento ya lo estaba tentando de nuevo. Ahora que la necesitaba, tenía otras cosas en la cabeza que reclamaban su atención.

–Lo siento, se me han pegado las sábanas –dijo al acercarse a él–. Esta mañana no he cumplido con mis obligaciones. ¿Quién ha vestido a Chloe?

–Pues su padre, quién va a ser –dijo Stephano, sorprendiéndose por la facilidad con que le había salido la respuesta.

Jugaron a la pelota en la piscina antes del almuerzo, y más tarde, cuando refrescó un poco, Stephano sugirió que fueran a dar un paseo para explorar los alrededores.

Penny se había dado cuenta de que Stephano no estaba de muy buen humor esa mañana. Aparentemente estaba bien, pero de tanto en cuanto mostraba una leve irritación; así que cuando sugirió dar un paseo, a Penny le pareció de maravilla. Imaginó que se estaba hartando de estar allí con ella; que le apetecería volver al trabajo. Hacer el amor con ella lo había ayudado a relajarse, pero en el fondo no estaba acostumbrado a tomarse vacaciones; relajarse y jugar nunca había sido su estilo de vida.

Seguramente se movería de un sitio a otro en su jet, se quedaría en hoteles de lujo y tendría siempre a alguien a su disposición para servirle.

Cuanto más pensaba Penny en su sugerencia primera de pasar unas vacaciones en algún lugar turístico de la costa inglesa, más se daba cuenta de que él no habría encajado allí. No se lo imaginaba en la playa construyendo castillos, metiéndose en una cafetería llena de gente o disfrutando de una cena en un pub del lugar.

Claro que no se quejaba de su nivel. ¡Estaba segura de que no le costaría nada acostumbrarse a ese estilo de vida!

Durante el paseo, descubrieron un pequeño pueblo situado en la colina. En el centro del pueblo había una *piazza* muy pintoresca y una preciosa iglesia que Penny entró a ver sola mientras Stephano cuidaba de Chloe. Había unos niños jugando en la plaza, y enseguida su hija se puso a jugar con ellos.

Penny se alegró de que Chloe hubiera encontrado alguien con quien jugar, y cuando terminó de admirar el bello edificio, se unió a Stephano que estaba sentado a la puerta de un café. Compró un helado para cada uno, y también para los demás niños de la plaza, que se quedaron encantados.

Pero Stephano permaneció silencioso y pensativo, y Penny no pudo seguir así sin saber lo que le pasaba.

–¿Te pasa algo, Stephano? –le dijo en tono suave,

sabiendo que no era asunto suyo en absoluto, pero incapaz de fingir que no pasaba nada.

–¿Por qué me lo preguntas? –le preguntó con gesto impaciente, un poco a la defensiva, al volverse a mirarla; su lenguaje corporal le dejó bien claro que estaba equivocada.

Pero Penny no se daría por vencida.

–Porque de repente te has quedado muy pensativo.

–¿Y un hombre no tiene derecho a quedarse callado, es lo que quieres decir? No eres el centro de mi universo...

–¡Stephano! Por supuesto que no –declaró Penny de inmediato, visiblemente dolida–. No estaba pensando en mí.

Bueno, no tanto, aunque le habría gustado ver el interés y el cariño al que Stephano le tenía acostumbrada. ¡Por amor de Dios, se había pasado toda la noche haciendo el amor con él, y de pronto eso! Stephano casi la ignoraba. ¿Qué iba a pensar?

–¿Te parece que no me ocupo lo suficientemente bien de Chloe? ¿Se trata de eso?

–No, has estado maravilloso con ella –se apresuró a decirle–, y se nota que Chloe se lo está pasando muy bien. Pero está claro que tienes algo que no puedes quitarte de la cabeza. ¿Estás ansioso por volver al trabajo? A lo mejor ya estás cansado de estar aquí.

O de estar con ella, pensaba Penny. Tal vez Stephano temiera que ella pudiera querer más de él. Pero no debía temer nada, porque ella sabía exactamente cuál era su lugar.

–Estás muy equivocada, Penny –la miró mientras se ponía de pie–. Sí, por supuesto que pienso en mi trabajo; es mi modus vivendi. Pero hay otras cosas que me preocupan; y no son asunto tuyo –añadió en tono seco.

¡Eso le pondría en su sitio!

–No estoy acostumbrada a que estés tan callado –respondió ella en voz baja mientras se ponía también de pie para enfrentarse a él con valentía.

Le habría gustado acariciarle la mejilla, que él la besara y le dijera que todo iba bien. Quería volver a sentir el vínculo que habían sentido la noche antes.

Por alguna razón aún desconocida, Stephano había levantado una barrera y no le permitía cruzarla. Penny esperaba que no fuera así el resto de los días que les quedaran de vacaciones; porque para eso era mejor hacer las maletas y marcharse a casa.

–Tal vez es mejor que te acostumbres a esto –le dijo él en tono seco–. Un hombre necesita espacio para reflexionar.

Penny aspiró hondo y miró hacia otro lado. Ahora que ya no tenían nada más que decir, notó que de pronto todo estaba en silencio. Incluso las hojas de los árboles no se movían ya. Para horror suyo, se dio cuenta de que los niños habían desaparecido.

–¿Dónde está Chloe? –preguntó con cierta angustia, mientras el corazón comenzaba a latirle con fuerza en el pecho.

Stephano paseó la mirada por la *piazza* desierta.

–¿No la estabas vigilando tú?

Él tenía razón; era su trabajo vigilar a su hija.

–¿No has visto adónde iban?

–De haberlo hecho, la habría llamado; así de sencillo –respondió él en tono cortante, mientras daba la vuelta a la plaza, asomándose a cada callejuela que salía a ella.

–Buscaremos en cada calle por turnos –declaró él, visiblemente preocupado–. Yo empiezo por ésta, y tú ve por aquélla.

–Tengo el consuelo de que sigan todos juntos –dijo Penny–. Estará perfectamente a salvo, esté donde esté.

–¿Y eso cómo lo sabemos? –soltó él con indignación–. A lo mejor se ha ido sola cuando los demás se han hartado de jugar. Podría estar en cualquier sitio.

Penny se sintió enferma cuando se separaron y cada uno se fue por un camino. Oía a Stephano repetir el nombre de Chloe cada tantos segundos, y luego le oyó hablar con alguien en italiano. Volvió la cabeza y vio a una mujer a la puerta de una casa.

–Penny, dicen que hay un grupo de niños jugando en el bosque que hay detrás de la iglesia. Voy a mirar allí. Tú sigue buscando por aquí.

Penny habría preferido ir con él. Se sentía culpable por todo lo que había pasado; si no hubiera iniciado esa estúpida conversación, habrían visto a Chloe marcharse. Corrió por todas las calles alrededor, asomándose y llamándola por su nombre, pero no había rastro de Chloe.

Y entonces Stephano volvió del bosquecillo con los ojos muy abiertos y mirada angustiada.

–No está con ellos.

Si antes Penny se había sentido mal, en ese momento sintió como si fuera a vomitar. Tenía una tensión horrible en la garganta, y el estómago atenazado.

–¿Son los mismos niños que estaban jugando con ella?

Él asintió con pena.

–¿Y adónde se fue Chloe cuando ellos fueron al bosque?

–Pensaron que se había vuelto con nosotros.

Penny tenía los ojos como platos.

–¿Y ahora qué hacemos?

–Llamar a la policía.

–¿No te parece un poco pronto para eso? –preguntó ella en tono vacilante.

–¿Se te ocurre algo mejor? –soltó él.

–Bueno, estaba pensando si habría otros sitios cercanos donde ir a jugar; tal vez alguna piscina que pudiera haberle llamado la atención. Ya sabes lo mucho que le gusta el agua.

–No lo creo –dijo él–, pero podemos preguntar.

Y sin decir más, Stephano fue a la puerta más cercana y llamó con los nudillos. Siguió una animada conversación, de la cual Penny entendió muy poco. Pero adivinó por el modo de menear la cabeza de la mujer que no había ninguna piscina en la zona. Penny no se había sentido peor en toda su vida. Se culpaba totalmente por no vigilar a Chloe.

Se le llenaron los ojos de lágrimas y se le nubló la vista.

Justo en ese momento apareció Chloe, que salió de una calle adyacente con otra niña de la mano.

Cuando Chloe los vio sonrió y corrió hacia ellos.

–Papá, tengo una amiga nueva. Se llama Pia y dice que puedo venir a jugar con ella cuando yo quiera. He estado jugando con un cachorrito de perro nuevo que tiene.

Aliviado de que su hija estuviera sana y salva, Stephano la levantó en brazos.

–Estaba muy preocupado por ti, Chloe. No sabía dónde estabas. Penny y yo te hemos buscado por todas partes. La próxima vez –añadió con firmeza– tienes que venir a pedirme permiso. No puedes irte así sin decir nada.

–Lo siento, papi –dijo Chloe, que se metió el pulgar en la boca.

–No lo vuelvas a hacer, *mio bello*. Penny y yo nos hemos preocupado mucho –la besó antes de dejarla en el suelo–. Dile adiós a tu nueva amiga, que nos vamos a casa.

Entonces miró a Penny, que había estado callada todo el tiempo que había estado regañando a Chloe.

–No debería haberte gritado; la culpa también ha sido mía.

Ella asintió y volvió la cabeza, y él supo que tenía los ojos llorosos. ¿Sería porque Chloe estaba a salvo? ¿O sería porque él la había disgustado? Era la primera vez desde que era padre que había experimentado aquella sensación en la boca del estómago. Era responsable por otra persona pequeña y le había fallado; y por eso lo había pagado con Penny, aunque no había sido culpa suya.

Había tenido otras cosas en la cabeza, y no había estado de muy buen humor ese día. Penny había intentado ayudarlo, se había preocupado por él... ¡Y él le había respondido tan mal!

Le puso las manos suavemente sobre los hombros y le dio la vuelta para que lo mirara a la cara. Con los pulgares le limpió las mejillas, aún húmedas.

–Lo siento, no fue culpa tuya. ¿Me perdonas?

Puso cara de pena, y al final Penny sonrió y asintió. Él le besó la punta de los dedos y se los llevó a los suyos.

–¿Amigos?

–Amigos –dijo ella.

Ya no era la niñera de Chloe, sino una amiga.

Esa noche compartió de nuevo su cama. No había tenido que hacer mucho esfuerzo para persuadirla, y Stephano sintió que alcanzaban un nuevo nivel de compenetración. Penny se entregó a él tan totalmente, con tantas ganas, que se olvidó de todos los inconvenientes. Era una mujer única, y él agradecía que ella hubiera entrado en su vida.

Al día siguiente sugirió que fueran a Nápoles.

–Tal vez no sea tan maravillosa como Roma –le dijo con orgullo–, pero no deberías perdértela.

Penny descubrió que el casco antiguo de Nápoles lo

formaban tres vías paralelas con callejuelas que las relacionaban. Había mercadillos, ropa colgada en tendederos que daban a la calle y un auténtico caos de peatones, vehículos y motocicletas, todos compartiendo el mismo espacio.

Le encantaba el ruido y el jaleo de las calles, aunque no entendía el idioma. No le soltó la mano a Chloe en ningún momento, y la niña caminaba a su lado, observando con sorpresa todo lo que ocurría a su alrededor.

Se asomaron a una iglesia, que en contraste estaba tranquila y silenciosa, y tomaron el *Funiculare Centrale*, una especie de tranvía, hasta lo alto de una colina desde donde se contemplaban unas magníficas vistas de la ciudad. En la distancia se veía el Vesubio, y Stephano le contó a su hija la historia de cómo había erupcionado casi dos mil años antes, cubriendo de lodo Herculano y calcinando la ciudad de Pompeya.

–Cuando seas mayor, un día te llevaré a Pompeya –le prometió.

–¿A ver las cenizas? –le preguntó la niña, mirándolo muy sorprendida.

–Bueno –empezó a decir–, la gente ha cavado en las cenizas y se puede ver lo que ha quedado de los edificios y de las calles. Te gustará verlo.

Penny pensó que estaba diciéndole cosas que a la niña no le interesarían; pero Chloe asintió con la cabeza.

–Entonces disfrutaré, papi. Muchísimas gracias.

Cuando llegaron a casa por la noche, Chloe estaba muerta de tanto andar, y después de bañarse y meterse en la cama, se le cerraron los ojos antes de que les diera tiempo de darle un beso de buenas noches.

–Hemos pasado un día estupendo –dijo él con satisfacción.

Penny asintió. Los dos se habían duchado y cambiado ya, y en ese momento compartían una botella de vino en la terraza.

–Mañana descansamos –continuó–, y dentro de unos días nos vamos a Roma. Pasaremos allí unos días.

Ella lo miró con sorpresa. Stephano no parecía nada contento, y adivinó que si lo había planeado era por ella.

–¿Estás seguro?

A lo mejor había estado pensando en eso el día anterior.

–Naturalmente. No puedes venir a Italia y no ver Roma. Es tu sueño, y sé que he sido muy egoísta.

Penny quería preguntarle si había cambiado de opinión en cuanto a ir a ver a su padre, pero pensó que sería preferible no abrir la boca. Desde que estaban allí, sentía que Stephano se había impregnado más del carácter italiano. Allí estaba como en casa, nunca mejor dicho, y Penny no entendía por qué le había dado la espalda a su país. Su padre y él debían de haberse peleado; porque de no haber sido así, no podía imaginar qué otra cosa le habría empujado a alejarse, tanto de su padre como de su país. Era una situación extraña.

Le habría gustado hablar más de su familia, preguntarle si tenía hermanos o hermanas. Stephano era un hombre muy introvertido; le había hablado de su esposa, pero de mala gana. Era como si compartimentara su vida, abriendo cada puerta sólo si surgía la necesidad; esperando que no surgiera.

Y como si él le hubiera adivinado el pensamiento, y tal vez temiendo que ella se lanzara a hacerle un interrogatorio, Stephano se le adelantó.

–¿Por qué no me hablas del tipo que te hizo daño?

Penny no quería reconocer que se había dejado engañar por un tipo como Stephano: un hombre rico, guapo, encantador; un auténtico conquistador. Y la idea la llevó a concluir que de nuevo corría peligro de que le pasara lo mismo. Dio un sorbo de vino mientras un escalofrío le recorría la espalda. Lo único bueno era que esa vez conocía los riesgos y por lo tanto podría evitarlos; sin duda, no enamorándose.

Salvo que ya se estaba enamorando de Stephano. ¿O sería sólo que disfrutaba haciendo el amor con él? ¿Sería para ella una simple aventura que podría abandonar sin pasarlo mal?

Penny no quería analizarlo demasiado por si acaso acababa deduciendo algo que le disgustara. De modo que se tomó el último trago de vino y miró a Stephano.

—¿Por dónde empiezo?

—¿No crees que lo mejor es empezar por el principio? —tomó la botella y le sirvió otra copa, antes de recostarse en el asiento, sin dejar de mirarla.

—Antes de hacerme niñera trabajaba en una oficina. Max también trabajaba allí —reconoció de mala gana.

No le dijo que era uno de los jefes, y que se había enamorado de él como le había pasado a muchas otras antes que a ella. Ni tampoco que había creído que era especial para él. Eso habría sido demasiado humillante.

—¿Cuánto tiempo estuvisteis juntos?

—Unos cuantos meses. Yo me enamoré totalmente de él. Me hacía sentirme bella y especial.

—¿Y qué pasó?

—Me dejó —respondió con rabia—. De repente, sin previo aviso. Antes de eso me había dicho que yo era la única. Me compraba joyas y ropa, y yo me sentía amada y pensaba que quería pasar toda mi vida junto a él —hizo una pausa antes de continuar—. Entonces se fue con otra, a quien le contó las mismas mentiras que a mí.

Ajena a que había subido la voz y que su resentimiento era patente, Penny se sorprendió ante la reacción de Stephano.

–Me gustaría echarle el guante.

–Yo fui una tonta –declaró– por dejarme engañar por él. Aprendí una lección; que nunca dejaría a ningún hombre que se volviera a acercar a mí.

Stephano se dijo que estaban los dos en el mismo barco. Ninguno se fiaba de los sentimientos, ni tampoco deseaba iniciar una relación seria. Sin embargo, sintió que estaba ya más metido de lo que habría querido, pero ignoró aquella sensación. Los dos sabían lo que querían: una relación que pudieran abandonar sin remordimientos.

En ese momento Penny necesitaba que alguien la consolara. Le había abierto el corazón, y él quería asegurarse de que dejaba de pensar en su desastrosa experiencia. En el fondo tenía ganas de estrangular al tipo que la había tratado así; porque ella no lo merecía.

Se puso de pie y tiró de ella; entonces la abrazó, y sintió los acelerados latidos de su corazón. Estaba acalorada y sin aliento, como si tuviera miedo, y Stephano murmuró algunas palabras en italiano y le acarició la cabeza, intentando calmarla.

–¿Quieres algo? –le preguntó con suavidad.

Su respuesta lo sorprendió.

–Me gustaría que me llevaras a la cama.

Le pilló por sorpresa, pero no vaciló. Al momento, la tomó en brazos y la llevó hasta la villa.

Capítulo 10

MIENTRAS se preparaban para salir para Roma Stephano no pudo evitar preguntarse si estaría haciendo lo correcto. Prefería no pensarlo. Tenía tantos recuerdos amargos, que cada vez que regresaban se sentía mal.

Había llamado por teléfono a su hermano y se había enterado de que su nombre no se mencionaba jamás en la casa familiar. En todos esos años, su padre no había preguntado por él ni una sola vez. Por esa razón, Stephano no sabía si hacía bien llevando a Chloe a ver a su abuelo.

Pero Chloe merecía conocerlo, y su padre tenía que saber de su existencia. Sin embargo, no sabía si eso ayudaría a arreglar el problema.

Chloe no tenía más abuelos; los padres de su ex habían muerto antes de nacer la niña. Y pronto empezaría a preguntarle, y no sería muy agradable que la niña se enterara de que él se había peleado con su padre. Él debía darle buen ejemplo a su hija.

Además, ya era hora de dejar atrás el pasado y seguir adelante. Penny le había demostrado que podía ser feliz de verdad, cuando él ya no creía en nada de eso. Era una mujer increíble.

Cuando llegaron al hotel, Penny se quedó anonadada. Para empezar, a pesar de estar en el corazón de la ciudad estaba rodeado de verdor.

—Esta parte de la ciudad la llaman el pulmón de

Roma –dijo Stephano–. En realidad son los jardines de Villa Borghese. A mí es el único sitio donde me gusta hospedarme.

El hotel era maravilloso. Penny se sorprendió al ver que Stephano había reservado habitaciones separadas, y quiso saber por qué; pero al ver su expresión cautelosa, entendió que tal vez los malos recuerdos lo abrumaran y que sería mejor no decir nada.

Chloe era lo único que los salvaba. No podía sacarla de la piscina, que estaba rodeada por un jardín que parecía casi tropical, y el resto del día lo pasaron jugando con ella en el agua o relajándose con la niña. Por la noche, Stephano parecía más tranquilo y cenaron en el balcón privado de sus habitaciones. Pero si Penny pensaba que pudiera cambiar de opinión e invitarla a su cama, se equivocaba.

Ni siquiera le dio un beso de buenas noches. Se había quedado muy callado y pensativo, pero sus pensamientos no tenían nada que ver con ella. Incluso se retiró antes que ella.

Penny pasó casi toda la noche despierta, preguntándose que estaría pensando él, y supuso que tendría que ver con su padre, que seguramente viviría cerca de allí. Penny no sabía por qué Stephano no quería ir a verlo, y le habría gustado que él le explicara el porqué.

Al día siguiente visitaron la Ciudad del Vaticano. Penny se quedó maravillada al ver la plaza de San Pedro: una zona mucho más grande de lo que ella habría imaginado después de verla en televisión. Cuando estaban viendo la basílica, Chloe se preguntó quién viviría allí.

El acento de Stephano era más marcado que nunca; era un verdadero italiano. Se le veía más apuesto, más creativo, de tal modo que empezó a decirle cosas en su idioma.

–¿Qué has dicho? –preguntó Penny.

Sus palabras le habían parecido románticas y bellas, y aunque no le vio sonreír, sabía que lo había dicho de corazón.

–No es nada –soltó él.

Penny se encogió de hombros.

–Lo siento –dijo antes de dedicar toda su atención a la niña, que estaba persiguiendo palomas.

Deseó que Stephano compartiera con ella sus sentimientos, que no se guardara todas esas cosas que le hacían sentirse mal. De haber sabido que volver a su ciudad natal podría afectarle de tal modo, no le habría dicho que quería conocerla.

Su malestar estaba afectando el tiempo que pasaban juntos. Stephano sabía tanto de Roma y de su historia que habría sido un guía excelente de haber estado con mejor disposición. Sin embargo, no abrió la boca. Chloe y ella no dejaban de maravillarse con lo que contemplaban a su alrededor, mientras él permanecía callado y pensativo.

Las colas para entrar en la basílica eran demasiado largas, y Stephano les prometió que entrarían en otra ocasión. Pero ella sabía que no habría otra ocasión. Él estaba allí obligado, porque ella le había dicho que quería ver la ciudad; y por ello se sentía tremendamente mal.

De San Pedro fueron a la Fontana de Trevi, donde Chloe y Penny lanzaron monedas de espaldas.

–Significa que volveremos –le dijo Penny en tono de conspiración.

Después descansaron en la Plaza de España y desde lo alto de las escaleras Penny contempló las maravillosas vistas de la ciudad. De ahí volvieron al hotel, que estaba muy cerca, y llegado ese momento Stephano ya no dijo ni una sola palabra.

Otra noche que pasó sola en su cama, y a la mañana siguiente se metieron de nuevo en el coche; pero esa vez Stephano no les dijo dónde iban. Si acaso parecía de peor humor que antes, y no llevaban demasiado rato en el coche cuando se detuvo a la puerta de una propiedad desde donde había unas maravillosas vistas de la ciudad.

Penny lo miró con mirada inquisitiva.

–La casa de mi padre –dijo él, casi en voz baja.

Le habría encantado que Stephano mostrara una actitud distinta. Claramente, no estaba contento con estar allí y Penny entendía que ésa era la razón por la que había estado así de taciturno esos días.

–¿Estás seguro de que quieres hacerlo? –le preguntó Penny, tocándolo en el brazo.

Él fijó la vista en la distancia y suspiró con fuerza antes de hablar.

–¿Yo? No, no quiero hacerlo, pero por Chloe... haré lo que sea.

Penny lo comprendió. Él estaba allí porque le parecía que era su deber; y no estaba allí por él, sino por su hija. En parte Penny estaba contenta y lo admiraba por ello, pero si las cosas no iban bien, no sabía cómo podría afectarle eso a Chloe.

De pronto le asaltó la duda de si Stephano habría meditado bien todo aquello, y empezó a ponerse nerviosa, y lo siguió por el serpenteante camino que llevaba a la casa con el corazón acelerado, de la mano de Chloe.

La niña, ajena a todo eso, no tenía ningún miedo.

–¿Quién vive en esta casa, papi? –le preguntó con curiosidad.

–Aquí es donde vive mi padre, Chloe –respondió Stephano.

–¿Tú también tienes padre? –le preguntó Chloe–. ¡Ay, qué bien, quiero verlo!

Stephano sintió que el corazón le retumbaba en el

pecho mientras esperaba a que le abrieran la puerta. En realidad, estaba rezando para que no fuera su padre. Sabía que no sería fácil verlo. Trató de recordar los años que llevaba sin poner el pie en esa casa. Seguramente diecinueve, o tal vez veinte. A lo mejor incluso se le negaba el derecho a entrar allí. ¿Qué impresión le daría a Penny y a su hija?

Finalmente abrió la puerta una mujer desconocida que lo miró con curiosidad.

–¿Sí? –dijo ella en italiano–. ¿Qué desea?

–¿Está mi... el señor Lorenzetti en casa?

–Sí. ¿A quién tengo que anunciar? –la mujer miró a Penny y a Chloe con curiosidad.

–Yo mismo entraré a decírselo –Stephano pasó junto a ella y accedió adentro, ignorando la cara de sorpresa de la mujer.

No podía arriesgarse a que su padre dijera de pronto que no quería verlo; sobre todo después del viaje que habían hecho. Penny y Chloe lo siguieron.

Encontró a su padre sentado en el enorme salón, leyendo el periódico. Al principio no se dio cuenta de que estaban allí, y Stephano aprovechó para observarlo. El cambio en su padre lo sorprendió, pero lógicamente habían pasado muchos años. Tenía el pelo blando, la piel cetrina y había perdido peso. En realidad, no tenía buen aspecto.

–Padre –dijo en italiano.

Antonio Lorenzetti levantó la vista con expresión aparentemente cómica, pero Stephano no sonrió.

–¡Eres tú! –exclamó el hombre–. ¿Qué haces aquí?

–Puedo irme... –dijo Stephano, sabiendo que debería haber sabido que ir allí sería perder el tiempo.

Aunque habían transcurrido muchísimos años, su padre no le ofreció ni un saludo de bienvenida, ni una sonrisa, ni sintió placer alguno.

–Pensé que a tu edad podrías haber cambiado de parecer y que te habrías alegrado de verme. Pero veo que me he equivocado –y dicho eso, Stephano dio media vuelta.

Vio la mirada asustada de Penny, y deseó no haberlas llevado con él. Eso era algo que debería haber hecho solo; debería haber tanteado el terreno antes de presentarlas en casa de su padre.

–¡Espera!

Stephano se dio la vuelta despacio y contempló unos ojos idénticos a los suyos, aunque fuera la primera vez que se fijaba en ese detalle.

–Solamente has venido a comprobar si estoy vivo o muerto, ¿no? –respondió el hombre en tono burlón, acompañando sus palabras de una mirada intensa e interrogativa–. Ahora ya lo sabes. ¿Satisfecho?

Stephano se había temido aquello, que su padre no lo recibiera bien. Jamás sería bienvenido allí, ni siquiera cuando su padre estuviera en el lecho de muerte. El viejo lo había echado de su vida, le había desheredado y no le tenía en cuenta para nada.

Pero cuando se iba a dar la vuelta para sacar a Chloe y a Penny de la habitación, su padre habló de nuevo.

–¿A quién has traído?

Stephano cerró los ojos un momento, deseando no tener que explicar nada en ese momento; se dio cuenta de que ir allí había sido un grave error.

–Ésta es mi hija. Chloe, te presento a tu abuelo.

El somnoliento tictac de un reloj y el latido de su corazón eran los únicos sonidos que interrumpían el silencio. Chloe le agarró los dedos con fuerza y se metió el dedo en la boca.

Las palabras duras de Antonio Lorenzetti habían asustado a Chloe, y la niña se quedó mirándolo, pero no pudo decir nada. Entonces, Stephano la levantó en brazos y le sonrió.

–No pasa nada, *mio bello* –le susurró en voz baja.

La niña le echó los brazos al cuello y le dio la espalda al anciano, mientras miraba a Penny, que estaba detrás de ellos.

–¿Tengo una nieta y no lo sé? –rugió Antonio, claramente asustado–. Que el diablo te lleve, Stephano... Y supongo que ésta será tu esposa –añadió en inglés–. Nunca se te ocurrió decirme que te habías casado –tenía mucho acento italiano, pero se le entendía perfectamente.

–Esta joven es la niñera de Chloe –dijo Stephano en tono seco–. Mi esposa falleció. Y ahora veo que ha sido una mala idea venir. Ojala no me hubiera molestado. Te dejaremos en paz. Vamos –le dijo a Penny, rojo de rabia.

–¡Esperad! –gritó el hombre–. No os vayáis... por favor... Ha pasado mucho tiempo... Quedaos a cenar.

Penny contuvo la respiración, mientras esperaba la respuesta de Stephano. Le fastidiaba que no hubiera avisado a su padre para decirle que iban, y también que no se lo hubiera contado a ella.

Y no era por ella, sino por la niña, que estaba claramente disgustada. Antonio Lorenzetti no tenía nada que ver con la idea que Chloe pudiera tener un abuelo.

Los abuelos eran amables, divertidos y cariñosos; pero aquel hombre era duro y amenazador. Si asustaba a un adulto, cómo no a un niño.

–¡No es posible! –respondió por fin Stephano–. Chloe se acuesta temprano, y no puedo dejarla sola en el hotel.

Antonio miró a Penny, y ella supo que él esperaba que ella pudiera quedarse con Chloe; lo cual, teniendo en cuenta su posición, era lo lógico y lo correcto.

Salvo que últimamente le costaba cada vez más verse en el papel de niñera; y parecía que Stephano había dejado de verla así.

Aunque eran amantes, él no le había dicho en ningún momento que la amara. Eso sólo podía significar que su relación nunca iría más allá. Después de lo de Max, no había querido tener una relación seria en su vida. ¿Entonces por que le molestaba un poco que Stephano la hubiera presentado como la niñera de su hija?

—Ni se me ocurriría dejar a Penny y a Chloe solas en un país extranjero —declaró Stephano con firmeza.

—Entonces os quedaréis todos a dormir aquí esta noche —declaró el viejo—. Está decidido.

Entre ellos había tanta antipatía que Penny se dijo que Stephano no podría aceptar la oferta de su padre.

Dos pares de ojos marrones se miraron fijamente, demostrando que ambos hombres eran duros, fuertes. El silencio lo rompió Chloe, que se volvió a mirar tímidamente al viejo.

—¿Tú eres mi abuelo de verdad?

Antonio asintió con gravedad.

—Sí, mi niña. Yo soy tu abuelo.

Penny miró a Stephano y adivinó el momento preciso en el que éste decidía aceptar la sugerencia de su padre. Adoptó una expresión resignada y parte de la dureza de su expresión se desvaneció. Parecía que Chloe había decidido por él.

—Muy bien —anunció en tono seco—. Nos quedaremos. Iré al hotel por las maletas.

—Gracias —dijo Antonio en voz baja.

—¿Por qué no me dijiste dónde veníamos? —le preguntó Penny a Stephano cuando salieron al coche.

—Porque no es asunto tuyo —dijo él mientras la miraba con sus ojos oscuros.

Estaba tan tenso que parecía como si fuera a partirse en dos.

–Pero en realidad no quieres quedarte, ¿verdad? –le preguntó–. ¿Y no crees que Chloe se va a enterar de la tensión entre tu padre y tú?

–No tienes ni idea de por qué lo estoy haciendo –soltó mientras se montaba al coche de un salto para volver al hotel.

Cuando estuvieron de vuelta en casa del padre y habían sacado su ropa y las demás cosas, Stephano llevó a Chloe a la piscina. Penny los siguió, un poco rezagada, porque no había nada más que hacer. No quería quedarse en su cuarto, ni tampoco ir a ver al padre de Stephano. Además, a él no le haría gracia que ella charlara con su padre; había dejado su posición muy clara.

Ella supuso que su breve aventura había terminado y se sintió mal porque aquellas vacaciones habían sido idea suya. Contrariamente, su idea había echado a perder la relación.

Penny hizo unos largos y después salió y se tiró en una hamaca cerca de Stephano.

–¿Por qué te parece que tu padre te pidió que te quedaras? –le preguntó en tono vacilante.

–Porque ese perro viejo quiere conocer a mi Chloe; no creas que es por mí. Mi hermano Vittorio y su mujer no tienen hijos aún, y querrá tener una nieta a quien mimar antes de morir.

A Penny le gustó que le contara que tenía un hermano; porque hasta ese momento, averiguar cosas de la familia de Stephano le había resultado muy difícil.

–Le gustan mucho los niños pequeños –añadió Stephano con una risotada burlona–. Siempre fue bueno con nosotros cuando teníamos la edad de Chloe, porque los niños pequeños son más manejables; pero cuando se hacen mayores y no puede dominarlos, es cuando le gustan menos, y cuando empieza a presionar.

Penny se entristeció al oír eso. La vida era demasiado corta para hacer tan infelices a los demás. Sus padres habían sido tan buenos y la habían ayudado tanto esos años, que Penny había pensado que todos los padres eran iguales.

–¿Crees que a Chloe le gustará tu padre?

–En cuanto se le pase la timidez inicial. Pero mírala –los dos miraron a Chloe, que se dirigía a la casa chupándose el dedo, pero con paso firme–. No ha dejado de preguntarme si mi padre es de verdad su abuelo. Está muy intrigada, y quiere hablar con él aunque tenga un poco de miedo.

–¿Quieres que la acompañe? –le preguntó Penny.

Stephano negó rápidamente con la cabeza.

–Estará bien con mi padre. A mí me encantaba cuando tenía su edad.

Penny suspiró.

–Es una pena que todo cambie. La verdad es que no sabía lo mucho que te dolería volver aquí.

–Siempre juré que no lo haría.

–Pero has puesto las necesidades de Chloe antes que las tuyas.

Penny notó algo en su mirada, pero al momento siguiente, Stephano se dio la vuelta y se tiró a la piscina. Penny observó un momento sus brazadas largas y limpias, y entonces se volvió hacia la casa en el momento en que Chloe cruzaba la cristalera de la terraza.

La cristalera daba al salón de la casa, y Penny aguzó el oído para ver si podía escuchar algo de la conversación; pero estaba demasiado lejos. Pero conocía bien a la niña, y sabía que volvería a la piscina con ellos si no estaba a gusto.

–¿Por qué no te metes conmigo? –le sugirió Stephano, mientras se quitaba el agua de los ojos.

Penny deseaba más que nada meterse en la piscina con él, pero recordó cómo la había presentado allí.

–No es adecuado que una niñera nade con su jefe –protestó, intentando adoptar una expresión de enfado.

–¡Está bien, tienes razón! –dijo él, más relajado–. ¿Pero qué querías que le dijera? A él le gusta muchísimo la propiedad.

–Y si nos viera nadando juntos le daría un ataque, ¿no? No tengo intención de causar más fricción entre vosotros dos. Aunque... la verdad es que me gustaría saber por qué os enfadasteis –añadió, esperanzada–. Tal vez eso me ayude a comprender mejor tu situación.

Stephano aspiró hondo, con la mirada perdida, cargada de dolor. Penny pensó que le iba a decir otra vez que no era asunto suyo, pero pasado un momento se sentó en el borde de la hamaca y se puso de frente a ella.

A ella no le gustaba verlo así tan triste. Stephano tenía que hablar de su pasado, sí; pero Penny no había imaginado nunca que pudiera costarle tanto. Quiso hacer algo para aliviar la situación, pero como no conocía aún los hechos, era un poco difícil.

–Mi padre quería controlar mi vida, y yo no se lo permití; nada más que eso.

Penny sabía que las cosas no eran nunca tan sencillas. Al principio la relación con Max le había parecido simple; pero desde que había terminado con él había aprendido muchas cosas.

–¿Cómo quería controlarte?

Stephano la miró con fastidio.

–Veo que hasta que no te lo cuente no me vas a dejar.

Penny asintió levemente, sabiendo que aunque podría sugerirle que se olvidara del tema, a lo mejor no se presentaba una ocasión mejor para saber lo que había detrás de aquella enemistad.

–Mi padre es un controlador, le obsesiona –siguió un prolongado silencio.

Penny se dio cuenta de que estaba pensando en el pasado.

–Recuerdo que quería manipular a todo el mundo, incluida a mi madre. No sé cómo lo aguantó tantos años. Aunque en realidad sí que lo sé, porque lo hizo por nuestro bien. En cuanto Vittorio y yo fuimos jóvenes adultos y ya no la necesitábamos tanto se marchó, y volvió a su querida Inglaterra. De todos modos, nunca había sido verdaderamente feliz en Roma.

Stephano cerró los ojos un momento, y Penny entendió que estaba reviviendo esa escena del pasado. Le dio tanta lástima que tuvo ganas de abrazarlo para consolarlo; pero le dio miedo que su padre pudiera verlos.

–Mi padre se puso furioso, jamás he visto a nadie en mi vida con tanta rabia. Yo no pude quedarme, porque de haberlo hecho le habría dado un golpe o me habría enfrentado a él. Así que decidí irme con mi madre.

–¿Y tu hermano, qué hizo? –le preguntó en voz baja.

–Se quedó. Mi hermano es el débil. Dejó que mi padre lo pisoteara.

–¿Tienes contacto con tu hermano?

Stephano asintió.

–Lo llamo por teléfono de vez en cuando. Vittorio y su esposa vivieron con mi padre los primeros dos años de su vida de casados, hasta que finalmente él se armó del valor suficiente para marcharse. Mi padre no merece la lealtad de nadie. Ni siquiera asistió al funeral de mi madre.

Era una triste historia, y Penny le tomó la mano con fuerza.

–Lo siento mucho.

Stephano le apretó la mano entre las suyas. En su mirada vio tristeza y dolor, y deseó poder decir o hacer algo para que se sintiera mejor.

–¿Qué sabe tu padre de tus... circunstancias personales? –dijo con cuidado, temiendo estar pasándose de la raya otra vez.

–Nada.

–¿No sabe que eres un hombre de negocios próspero?

–Digamos que no se lo he contado –dijo Stephano en tono seco.

–Pero como eres conocido a nivel internacional, es posible que él lo sepa ya.

–Supongo que sí.

–¿Y no has estado en contacto desde que te marchaste?

–Lo he intentado –dijo Stephano–, pero él nunca ha querido responder a mis llamadas, ni siquiera cuando murió mi madre. Y de no haber sido por ti, yo no estaría aquí.

–Lo siento –dijo ella en voz baja.

–No lo sientas; seguramente es mejor para todos –le soltó la mano y se puso de pie–. Tengo que ser un buen padre, el mejor posible, para Chloe; tú me has enseñado eso. Chloe necesitaba saber que tiene un abuelo. Y cuando se haga mayor, supongo que él ya no vivirá, así que ella no conocerá su lado malo. Tendrá sólo recuerdos felices. Ven y nada un rato conmigo, anda.

Esa vez, Penny no se negó.

Capítulo 11

VITTORIO era igual de alto que Stephano, pero en lo demás tan distintos como la noche y el día.

Mientras que Stephano tenía las facciones angulosas y el cuerpo como el de un dios griego, Vittorio tenía la cara regordeta, como si le gustara mucho comer, y por ello estaba también un poco pasado de peso.

Pero era en sus modales donde las diferencias entre ellos resultaban más aparentes. Vittorio era chillón y no le importaba decir lo que fuera; y le dolió que Stephano no le hubiera contado que tenía una hija.

—¿Por qué no me contaste nada? —le preguntó con rabia, como un niño regañando a su padre.

Estaban cenando en una sala desde donde se contemplaban unas bellas vistas de Roma. Stephano se había sentado al lado de Penny, y el hermano justo enfrente de ella.

Notó la tensión de Stephano, pero al mirarlo su expresión permanecía impasible.

—¿Crees que me enorgullece acaso que mi hija ni siquiera supiese que tenía padre? Yo no sabía de su existencia. ¿Por qué voy a pregonarlo por las esquinas, dime? Ya me está costando bastante aceptar todo lo que pasó.

—¿Pero qué le hiciste a Helena para que ella escondiera a la niña así?

Stephano aspiró e hizo una pausa momentos antes de responder.

–Yo no tuve que hacer nada. Helena obraba por cuenta propia.

–Siempre me pregunté por qué te dejaría –dijo el hermano.

–Y tendrás que seguir preguntándotelo –respondió Stephano con tranquilidad–. Yo no hablo de mi vida privada con nadie; ni siquiera con mi hermano.

Penny admiró su dominio de sí mismo, pero Vittorio no había terminado.

–A mí me parece que ocultas algo; tanto secretismo...

–Y tú, querido hermano, harías bien en cerrar la boca o no respondo de mí –dijo Stephano lleno de rabia, incapaz de controlar más sus emociones.

–Tiene razón, cariño –la bella Rosetta, con sus labios pintados de rojo, sus uñas a juego y sus ojos perfectamente maquillados, le tocó a su marido en el brazo–. Estoy segura de que Stephano te lo contará cuando esté preparado.

–Pero eso no será nunca –soltó Stephano, desafiando a Vittorio a que dijera algo más.

El padre se limitó a observar cómo se desplegaba el drama en la cabecera de la mesa. Penny se dio cuenta de que estaba disfrutando, pero ella desde luego no sentía lo mismo. Aunque sabía que ella no tenía por qué decir nada, y se había sorprendido cuando la habían invitado a cenar a la mesa, supo que debía hacerlo, ya que no le gustaba nada el modo en que Vittorio interrogaba a su hermano.

–¿Dime, Vittorio –empezó a decir ella–, a qué te dedicas?

Fue una pregunta perfectamente normal, al menos para Penny; desde luego no se le ocurrió en ningún momento que pudiera empeorar la situación.

Vittorio se puso rojo de rabia, y Penny pensó que iba a dar un puñetazo en la mesa.

–La salud de mi marido no le permite trabajar –respondió Rosetta por él, agarrada del brazo de su marido mientras lo miraba con cariño.

–En otras palabras, es un hombre mantenido –dijo Stephano–. Jamás ha trabajado en su vida. Me sorprende que encontrara esposa –retiró la silla y se puso de pie–. Quiero respirar un poco de aire fresco.

Penny se excusó y corrió tras él, sin importarle que pareciera extraño.

–Por qué no me contaste eso de tu hermano. Acabo de meter la pata de verdad, ¿no?

–¿Y por qué decirte nada? –le preguntó en tono seco–. No me enorgullece que haya estado chupando de mi padre toda la vida, y estoy seguro de que lo hace con su mujer también. Rosetta trabaja, pero no gana lo suficiente para sustentar su estilo de vida. Juega y bebe... es una pérdida de tiempo. Pensé que el matrimonio le haría cambiar, pero sigue siendo igual que antes. Ahora te darás cuenta de por qué no quería venir aquí. Ya no quiero ni a mi padre, ni a mi hermano. Menos mal que estás tú –gimió–. Un rayo de sol en un mundo enfermo; ya no puedo pasar sin ti. ¿Quieres estar conmigo esta noche, Penny?

Fue una pregunta totalmente inesperada, estando como estaban en casa de su padre, y sabiendo que la había presentado como la niñera de Chloe. Sólo de pensar en dormir con él se volvía loca; Stephano era un amante tan maravilloso que sabía que jamás se cansaría de él. Pero las cosas no eran tan sencillas.

–¿Y qué pensaré tu padre? –le preguntó con incertidumbre.

–¿A quién le importa? –dijo con dureza–. Seguramente ya se lo habrá imaginado. ¿No has visto cómo nos ha mirado antes? Te necesito, Penny.

Pero sólo para quitarse de la cabeza toda aquella

tensión. Hacer el amor era un modo de relajarse, pero no resolvía ningún problema. Él la había invitado a dormir con él anteriormente, y volvería a hacerlo en el futuro. ¿Acaso era tan tonta como para dejar que él la utilizara así?

Tal vez lo fuera; ¿pero cómo podía negarlo si se sentía tan unida a él, a veces incluso como si fuera parte de él?

De modo que más tarde, en la cama con Stephano, Penny no se dominó en absoluto. Se hizo con el control de la situación y se arrodilló delante de él, y lo acarició y lo besó, tratando de relajar la tensión en sus piernas. Había sido un día tan duro para Stephano que sabía que no se relajaría de inmediato. Con los dedos y la lengua exploró y saboreó, despacio y con sensualidad, desde los labios hasta el ombligo, deseosa de continuar, pero sabiendo que aún era demasiado pronto. Lamió y mordisqueó sus pezones con suavidad, y se deleitó al escuchar sus gemidos roncos, y cuando se excitó.

Se colocó encima de él, lista para penetrarlo, imaginándose lo que le haría, cuando de pronto Stephano tomó el mando. Al momento estaba debajo de él, y no perdió ni un segundo y la penetró con ardor y exigencia. Ella no se hizo de rogar, y levantó las caderas para aunar su ritmo al de él, mientras le clavaba las uñas en la espalda, balanceándose los dos al mismo tiempo, hasta que Stephano perdió el control. Segundos después Penny alcanzó un orgasmo espectacular, y los dos se quedaron sin moverse un rato, cansados y satisfechos.

—Qué mujer —dijo él con voz ronca.

—Mi objetivo es darte placer —respondió ella con timidez.

Salvo que no sentía timidez alguna. Stephano le hacía sentirse como una princesa, bella y deseada, y suscitaba en ella emociones jamás soñadas. Cuando Stephano le hacía el amor era como si estuvieran en otro mundo donde sólo importaban los sentidos. Y aunque sabía que esa noche la había utilizado para descargar su tensión, no le importaba.

Se despertó a la mañana siguiente y vio a Chloe acurrucada entre su padre y ella.

–Me gusta mi abuelo –dijo–, es muy gracioso. ¿Qué vamos a hacer hoy, papi? Nono dice que quiere nadar conmigo. ¿Los hombres mayores pueden nadar, papá?

Stephano sonrió con indulgencia.

–Pues claro. Mi padre fue uno de los mejores nadadores de Italia cuando era joven. Él me enseñó a nadar. Pero hoy quería enseñarle a Penny otros sitios de la ciudad, y había pensado que nos acompañaras.

A Chloe se le saltaron las lágrimas.

–¡Papi, yo me quiero quedar aquí! Quiero nadar, no quiero ver edificios viejos.

–Bueno, te prometo que hablaré con tu abuelo.

–No sé si deberías dejar que se quedara –dijo Penny cuando la niña se fue a su habitación–. A lo mejor tu padre fue un buen nadador en su tiempo, ¿pero será capaz de cuidar de Chloe? ¿Y si pasa algo? Imagino que no será tan rápido como antes. ¿Además, no le extrañará que salgamos tú y yo solos?

–Yo también tengo miedo, pero no quería disgustar a Chloe antes de tiempo. Voy a hablar con él primero.

Al final se decidió que la señora Moretti, el ama de llaves, llamaría a su hija, que tenía una niña de la edad de Chloe, para hacerle compañía. Stephano y Penny esperaron a que llegaran, para asegurarse antes de salir que dejaban a Chloe en buenas manos. Además, Chloe se quedó muy contenta.

Aun así, Penny no se quedó del todo tranquila, pues le daba la sensación de no estar cumpliendo con su deber. Stephano, no tenía los mismos reparos, y por ello la tranquilizó.

–A los italianos les encantan los niños; no le pasará nada. La tratarán como si fuera suya.

En el trayecto en coche al centro de la ciudad, Penny iba reflexionando un poco sobre lo que había sido la vida de Stephano: un padre que se apartaba de su familia y un hermano consumido por los celos porque Stephano había logrado el éxito en su vida profesional. Todo ello había trasformado a Stephano en un hombre introvertido; y también explicaba por qué le había costado relacionarse con Chloe. En su familia había faltado el amor; incluso su esposa lo había abandonado.

No sabía nada de su madre, pero le daba la impresión de que tampoco debía de haber sido muy cariñosa. La vida que le había dado su marido no podía haberla ayudado.

Sintió lástima por Stephano, aunque sabía muy bien que a él esa lástima le vendría grande. Se había convertido en un ser duro y trabajador, que intentaba desterrar de su pensamiento toda tristeza. Seguramente le horrorizaría saber que ella estaba dispuesta a pasarse el resto de sus días intentando compensarle por aquel sufrimiento.

Un sueño imposible, aunque desgraciadamente cierto.

–Primero haremos la ruta turística y luego iremos de compras –dijo Stephano nada más aparcar.

–¿De compras? –dijo Penny.

–¿No os gusta ir de compras a todas las mujeres? Aquí lo tienes todo... Versace, Valentino, Armani...

–Y todo está fuera de mi presupuesto –señaló Penny–. Pero supongo que no pasará nada por mirar.

Cuando llegaron a la Plaza de San Pedro, descubrió con placer que Stephano había organizado una visita guiada sólo para ellos.

Su guía les explicó que los museos del Vaticano habían sido originalmente pensados sólo para el disfrute del Papa; y que había dos mil habitaciones repartidas en los más de diez kilómetros de salas y pasillos, y que para verlo todo tardarían doce años.

Penny emitió un gemido entrecortado, y Stephano se echó a reír.

–No te preocupes, hoy sólo vamos a ver lo más importante.

Penny se quedó tan impresionada con la decoración, las estatuas y las pinturas que apenas pudo pronunciar palabra. Le pesó no haberse acordado de llevarse la cámara. La Capilla Sixtina era maravillosa. La había visto en la televisión, pero mientras contemplaba el techo allí mismo, se preguntaba cómo era posible que alguien hubiera podido pintar tales maravillas.

Y después estaba la basílica en sí. Había tanto mármol y era tan enorme que a Penny le costó asimilarlo todo.

–Se dice que está construida sobre la tumba de San Pedro –les dijo el guía– y es la iglesia católica más grande del mundo.

Penny se sintió pequeña en comparación, y le tomó la mano a Stephano mientras lo contemplaban todo, como si de ese modo se sintiera más segura.

–¿Te gusta? –le preguntó Stephano en voz baja.

–Me siento totalmente insignificante –respondió ella–. No tenía ni idea de que fuera ni tan grande, ni tan preciosa.

Cuando salieron de la basílica, cruzaron la Plaza de San Pedro, que estaba ya atestada de personas, y se metieron en un pequeño café que en ese momento estaba muy tranquilo, para tomarse un sándwich y un helado. Después fueron a visitar las tiendas de Via Condotti, donde se encontraban la mayoría de las boutiques de los diseñadores famosos.

Stephano insistió en que entraran a una de ellas,

donde se probó varios vestidos y faldas, y también bonitos tops, todo para que lo viera Stephano. Las dependientas no dejaban de hacer reverencias, incapaces de quitarle los ojos de encima a Stephano; y tan deseosas estaban de complacerlo que casi ignoraron a Penny.

–¿Entonces con cuáles te quedas? –preguntó él finalmente.

Penny pensó que estaría de broma; ella no podía permitirse tales extravagancias.

–Si pudiera permitírmelo, que no puedo, por supuesto –dijo–, me quedaría con el vestido de noche negro, la falda marrón y la azul, creo, y ese precioso top de encaje. Ah, y seguramente me llevaría también ese traje rosa tan mono. Me sentaba de maravilla.

Penny no vio el gesto que Stephano le hizo a la encargada, y cuando salió del probador, se sorprendió al ver que todo lo que había pedido estaba ya envuelto y listo para llevar.

–¡Stephano! ¡No puedes hacer eso! –exclamó–. Pensaba que esto era un juego.

–Yo no juego –dijo él.

Pero su generosidad le preocupaba, y en el camino de vuelta a casa, Penny siguió regañándolo por haberse gastado tanto dinero.

–No deberías haberlo hecho. No está bien.

–¿No te gustaban tanto? –preguntó Stephano.

–Me encantan, pero...

–Entonces no se hable más del tema –dijo él en voz baja.

Había sido un día perfecto, pensaba Penny mientras se bajaban del coche a la puerta de la casa. Había visto tantas maravillas arquitectónicas, que aún se sentía asombrada, y cuando subió a su dormitorio con las compras de la boutique, lo hizo muy sonriente.

Stephano había pensado que pasando el día con

Penny, participando del placer que había sentido ella mientras se probaba los modelos de diseño en la boutique, se libraría de la depresión en la que parecía haber entrado. Pero no había sido así. Nada más entrar en casa de su padre, la sensación regresó con fuerza, abrumándolo con su pesadez.

Había esperado, incluso rezado para que su padre hubiera cambiado un poco con los años. Pero parecía que no había nada que alegrara el corazón del viejo. Seguía siendo el mismo déspota que había sido toda la vida.

Por lo menos no había hecho daño a Chloe. Había recibido a su hija con los brazos abiertos y le había dado todo el cariño del que era capaz. Ese gesto debía de haber complacido a Stephano, y en parte era así. Pero Stephano sabía que bajo la superficie su padre seguía igual. Le gustaban los conflictos, y le encantaba dominar a los demás; de tal modo, que no tenía amigos.

Sería interesante saber lo que conocía su padre de su éxito. Penny tenía razón; probablemente no era ajeno a su prosperidad, y de todos modos Vittorio se lo habría dicho. Pero el hombre no lo había mencionado ni una sola vez, y Stephano no tenía intención de decir nada. Ironías de la vida, debía agradecérselo a su padre; porque si no se hubiera marchado del hogar paterno, si no hubiera tenido que buscarse la vida, tal vez hoy por hoy no estaría donde estaba. Había sido su empeño y su voluntad de triunfar lo que le habían llevado a alcanzar el éxito.

Todo eso hacía que Stephano valorara a la hija que había pasado tantos años sin conocer. La amaba tanto que le dolía el corazón. Jamás la trataría mal, y la amaría y cuidaría toda su vida.

Penny se lo había pasado tan bien, que se quedó un poco decepcionada al ver que Stephano se cambiaba de ropa al llegar a casa. Se encerró en sí mismo, y no se sentó a hablar con su padre como habría hecho cualquier hijo. Salió al jardín y pasó mucho rato contemplando la naturaleza de su alrededor. El vacío que los separaba era tan grande que sería insalvable. A Penny se le hacía un nudo en la garganta cada vez que lo pensaba.

El ambiente durante la cena volvió a ser tenso. Ella hizo lo posible por romper el silencio, pero la conversación empezó a constar sólo de monosílabos, y finalmente se dio por vencida.

Al término, Stephano se encerró en su dormitorio, y ella no se atrevió a seguirlo.

Sintió ganas de llorar. Cuando pensaba en todo lo que se había gastado en ella, en lo bien que lo habían pasado cuando ella se había probado la ropa y había desfilado delante de él, le costaba creer que en esos momentos dejara que la enemistad con su padre lo echara todo a perder.

¿No podría haber hecho un esfuerzo? ¿Acaso no se daba cuenta lo incómodo que era para ella? ¿No veía que todo aquello afectaría a Chloe si continuaba así al día siguiente? ¿O acaso tendría pensado volver a la otra casa? Lo cierto era que no tenía ni idea de lo que Stephano querría hacer. Sólo sabía que jamás se había visto en una situación tan difícil.

A la mañana siguiente, sin embargo, el asunto pasó a un segundo plano. Lo que pasaba entre Stephano y su padre no era nada comparado con lo que le estaba pasando a ella.

Capítulo 12

¡SE LE había retrasado el periodo! Y a ella nunca se le había retrasado. Era como un reloj.

Cuando la verdad la abofeteó en la cara, Penny sintió náuseas. En el espejo del cuarto de baño, contempló su rostro demacrado. Estaba horrorosa, tenía ojeras y estaba muy pálida. Era el miedo lo que crispaba su rostro. Sus ojos, habitualmente tan bonitos y serenos, estaban tensos y su expresión traumática. Le pareció como si no pudiera mirarse nunca más.

En retrospectiva, recordó una sola ocasión en la que Stephano no se había puesto un preservativo; porque habían estado tan desesperados el uno por el otro que ni siquiera lo habían pensado.

¡Había bastado esa única vez para cometer el pequeño error que le fastidiaría la vida!

Sólo habían pensado en darse placer, en nada más. Y durante la potente explosión del éxtasis, mientras descansaban agotados en la cama, no habían sido conscientes en ningún momento de que habían engendrado un nuevo ser, una nueva vida.

Ella ni siquiera había vuelto a pensar en ello; al menos hasta que había abierto su agenda y había visto la fecha.

Se sentó en el borde de la bañera y se agarró la cabeza entre las manos. Tendría que decírselo a Stephano, por supuesto; él tenía derecho a saberlo. No podía dejarlo como había hecho su esposa sin decirle que había concebido otro hijo. Pero le daba pena del niño que naciera en una familia donde el padre y el abuelo estaban distanciados, donde el tío vivía de lo que le daba el padre, un hogar donde no había amor.

¡Dios, qué problema!

Le costó trabajo ducharse y vestirse y aceptar que tendría que ver a Stephano y fingir de momento que no pasaba nada. Necesitaba estar segura de que estaban solos cuando se lo dijera; no quería arriesgarse a que los oyera ni viera nadie, porque sabía que habría lágrimas y reproches. Incluso en ese momento tenía ya ganas de llorar. No podía creer que hubiera sido tan estúpida.

Por otra parte, pensándolo mejor, tal vez no estuviera embarazada; tal vez se estuviera preocupando por nada. A ella nunca se le retrasaba el periodo, pero también era cierto que nunca había estado tan emocionada como lo estaba esos días. Esa visita a Italia era un sueño hecho realidad, y era lógico sentir emoción si un hombre tan maravilloso y guapo como Stephano la trataba como a una princesa.

¿Pero a quién quería engañar? ¿Acaso no había sentido náuseas esas mañanas de atrás? Lo había achacado a la comida. Sin embargo, sabía muy bien que a su hermana le había pasado lo mismo.

Finalmente tuvo que reconocer que estaba embarazada.

Salió a la terraza, donde Stephano y Chloe estaban ya desayunando. Chloe seguía en pijama, y tenía la boca llena de mermelada. La niña estaba tan contenta, que Penny se alegró un poco al verla. Sin embargo, le preocupaba cómo iba a tomarse Stephano la noticia de que iba a ser padre de nuevo. No le parecía que estuviera preparado para ello. Ya había tenido que variar su apretado horario de trabajo para ocuparse de una niña. ¿Cómo se adaptaría entonces a un segundo?

–Ah, por fin estás aquí –dijo él, mirándola a los ojos brevemente–. Chloe es toda tuya ahora... yo voy a salir.

Y antes de que le diera tiempo a preguntarle si tardaría mucho en volver, Stephano se había marchado.

Penny no había querido que él la viera, que empezara a preguntarse por qué estaba tan pálida, y por qué tenía la mirada apagada, y había pensado en excusarse diciéndole que estaba muy cansada del día anterior. Sin embargo, Stephano apenas si le había echado una mirada; no había visto su tormento.

Lo que menos le apetecía en ese momento era comer, pero consiguió tomarse un vaso de zumo de frutas y un bollo de pan antes de que saliera el ama de llaves a retirar las cosas de la mesa. Pasó el resto de la mañana entreteniendo a Chloe. Nadaron, caminaron y exploraron los alrededores, pero lo hicieron solas. La niña se quedó triste porque su padre había desaparecido, y no dejaba de preguntar cuándo volvería.

Almorzaron con Antonio, y cuando el hombre dijo que iba a echarse la siesta, Penny acostó también a Chloe; las actividades de la mañana le habían dejado rendida, aunque Penny tampoco estaba mucho mejor.

Decidió sentarse en la terraza. Como había mucha sombra, aunque hacía calor la sensación allí era bastante agradable. Trató de leer una revista, pero las palabras le bailaban. No podía concentrarse con tantas cosas en la cabeza.

Por fin apareció Stephano, y Penny sonrió tímidamente.

–¿Dónde has estado? –le preguntó ella–. Chloe te ha echado de menos.

Stephano la miró con dureza y gesto ceñudo. Penny se sorprendió un poco, ya que raramente lo había visto así. No parecía una buena señal para lo que ella tenía que decirle.

–He tenido que ocuparme de un asunto –respondió con cierta dureza–. ¿Dónde está?

–Dormida. Tu padre también se ha echado la siesta.

–Bien, porque tenemos que hablar.

–Yo también quiero hablarte de algo –añadió ella apresuradamente–; hay algo que tengo que contarte.

Tenía que hacerlo sin más dilación, antes de empezar a titubear. No era un momento demasiado bueno, teniendo en cuenta el humor de Stephano, pero tampoco sabía si habría otro mejor. No quería esperar... no podía; no podía soportar la idea de guardar aquel secreto más tiempo del necesario.

Pero Stephano no estaba en su onda.

–Sea lo que sea, tendrá que esperar –declaró con impaciencia, mientras se sentaba en una silla frente a ella.

Penny habría preferido que se sentara a su lado, donde no pudiera verle la cara tan bien. Así, le costaría mucho más ocultar sus emociones...

–Stephano, yo...

Pero antes de darle oportunidad de continuar, él la interrumpió.

–¿Tiene que ver con Chloe?

Penny frunció el ceño.

–No.

–¿Con mi padre?

–No.

–Entonces no quiero saber nada de tus problemas; tengo suficiente con los míos. Maldita sea, Penny, te olvidas de cuál es tu posición aquí.

Penny sintió como si acabaran de abofetearla, como si fuera un insecto que alguien acabara de pisar; tan insignificante como una hormiga. Y sin decir ni una palabra, se levantó y se marchó corriendo a su habitación.

Stephano la había dejado bien claro que su relación había terminado; y eso le dolió como nada le había dolido en su vida. Debería haberse enfrentado a él y haberle preguntado qué quería decir con eso, en lugar de huir atemorizada como lo había hecho. Supuso que sería el desequilibrio hormonal, porque ella solía enfrentarse a los problemas. ¿Acaso Stephano se había olvidado de todo el tiempo que habían pasado juntos? ¿De las horas que habían pasado abrazados, haciendo el amor? Entonces, él la había necesitado, y no había podido saciarse de ella. ¿Por qué todo se había dado la vuelta de esa manera?

Se preguntó si tendría algo que ver con su padre; ya que entre ellos no parecía que fuera a haber reconciliación. A lo mejor Stephano había salido porque no soportara estar con su padre bajo el mismo techo tanto tiempo.

¿Aun así, por qué pagarlo con ella? ¿Qué le había hecho? ¿Y cómo iba a decirle que estaba embarazada con lo malhumorado que estaba?

En el fondo, Penny sabía que un tema tan delicado tenía que hablarse cuando los dos estuvieran a gusto el uno en compañía del otro. Se dijo que a lo mejor debería dejarlo hasta el día siguiente; o tal vez podría entrar en su dormitorio esa noche y meterse en la cama con él; utilizar su cuerpo para hacerle olvidar el mal humor. Sabía muy bien lo que le gustaba, lo que le excitaba, y deseaba también darle placer y que él la abrazara y se fundiera con ella. Sería un momento estupendo para desnudar su alma.

Stephano sabía que no debería haberle hablado con tanta dureza a Penny, pero estaba tan lleno de rabia y frustración que cualquiera que se acercara a él se colocaba en su línea de fuego. Se había pasado casi toda la mañana al teléfono con la oficina de Londres, y les había gritado a los de allí cuando se había enterado de que había un problema que no habían logrado resolver.

No había hecho bien en ir allí. Le había dado a su padre una última oportunidad, pero no había servido de nada. Antonio no le había dado la bienvenida como habría sido lo normal; sólo le había dado lo mismo que todos aquellos años.

¡Que se pudriera en el infierno!

Al menos su experiencia le había enseñado una cosa, y era que jamás trataría mal a su hija. Chloe se convertiría en una joven bella y serena, sin malos recuerdos de un padre que no la amara.

Al día siguiente regresaban a casa, se requería su presencia en la oficina, y lo cierto era que estaba deseando volver al trabajo. Pero antes supuso que debía ir a ver a Penny para disculparse con ella; aunque lo cierto era que no estaba de humor para nada.

En lugar de ir a hablar con Penny, se fue a nadar un rato con la intención de quitarse toda esa tensión. Y funcionó. Parte de su rabia y su amargura cedió, y cuando vio a Penny que se dirigía hacia él, se dijo que estaba dispuesto a hablar.

Ella le había dicho que quería contarle algo, pero él la había interrumpido. Tal vez su hija no estuviera bien. Al parecer estaba echando la siesta, pero él sabía que no era una práctica habitual en Chloe. ¿Pasaría algo? Empezó a alarmarse, sobre todo al ver a Penny tan pálida y ojerosa, visiblemente preocupada por algo.

–¿Le pasa algo a Chloe? –le preguntó cuando ella llegó donde estaba él–. ¿Sigue dormida?

–Tu hija está bien –respondió Penny.

–¿Entonces qué pasa? ¿Eres tú la que no estás bien? Penny cerró los ojos un momento.

–Estoy bien, pero quiero decirte algo. ¿Puedo sentarme?

–Pues claro. ¿Te apetece tomar algo, un poco de agua, quizás? Estás un poco pálida. ¿Es que has tomado mucho el sol?

Stephano se sintió culpable por haberle respondido así antes. Lo había mirado con los ojos como platos y había huido a su habitación como un conejo asustado.

–Sí, un poco de agua, gracias...

Penny aspiró hondo, aprovechando ese momento que Stephano había ido a buscarle un vaso de agua. Lo había visto nadar desde la ventana de su habitación, consciente de que había intentado librarse de sus tensiones.

Parecía más tranquilo, y Penny cruzó los dedos para que no se enfadara mucho cuando ella le diera la noticia.

Cuando volvió con el agua, se había puesto unos pantalones de algodón y una camiseta, e incluso sonrió mientras le servía de la jarra.

–Este calor es tremendo, ya sabes. Tienes que tener mucho cuidado.

Penny se tomó el vaso entero antes de responder.

–No es el calor lo que me afecta.

–¿Entonces qué es? ¿Lo que ha pasado entre mi padre y yo? Lo siento, he...

–¡No! –exclamó Penny rápidamente, y como no podía adornar su confesión con florituras, Penny decidió ir al grano–. Estoy embarazada, Stephano.

El silencio que siguió fue interminable, ensordecedor. Penny evitó mirarlo a la cara, porque no quería ver el pesar, la incredulidad, y menos aún el rechazo.

Cuando finalmente habló, la recriminó.

–Es imposible; estás equivocada –decretó con gesto adusto.

–No lo estoy –dijo ella, intentando no temblar–. Créeme, sé lo que me pasa; llevo a tu bebé en mis entrañas.

–¿Pero cuándo...? –empezó a decir con mirada incrédula–. Siempre he tomado precauciones.

–Salvo en una ocasión –le recordó con seguridad–. A lo mejor tú no te acuerdas, pero yo sí. Naturalmente, cuando volvamos a Inglaterra, presentaré mi renuncia. No te voy a negar que tengas relación con el bebé, pero...

–¡Claro que lo harás!

El grito de Stephano resonó en el patio, donde todo lo demás parecía haber quedado en silencio; incluso a Penny dejó de latirle el corazón.

–Si estás embarazada, algo que no voy a aceptar hasta que no te vea un ginecólogo, tú no te vas a ningún sitio.

Penny lo miró con los ojos brillantes.

–¿Crees que permitiría que un hombre a quien le cuesta tanto amar que ni siquiera puede hacer las paces con su padre críe a mi hijo? ¿Un hombre que se pasa mucho más tiempo trabajando que en casa? Ni lo sueñes, Stephano.

El corazón le latía tan deprisa que empezaba incluso a molestarle. Penny se dijo que tal vez había ido demasiado lejos, y se puso de pie con la intención de salir huyendo de nuevo; pero Stephano no estaba dispuesto a dejar que se marchara. Con un gesto nada ceremonioso, la obligó a sentarse de nuevo.

–Aún no hemos terminado.

Penny se estremeció ligeramente, pero no pensaba dejar que él la intimidara. Ése era su bebé; Stephano no lo había planeado, no quería tenerlo. Se le partía el corazón sólo de pensar que tendría que dejarlo, ¿pero qué otra cosa iba a hacer?

–No creo que quede nada más que decir.

–¿De verdad crees que te dejaría marchar?

–Aparte de encerrarme con llave, ¿qué más puedes hacer para detenerme?

–Podrías casarte conmigo.

Silencio. Incluso los pájaros dejaron de cantar.

–¿Casarme contigo? –susurró Penny pasado un momento–. ¿Sólo porque estoy embarazada de ti? ¿De verdad crees que eso funcionaría? –negó con la cabeza–. Estás mal de la cabeza.

Y ella también debía estarlo, porque durante un segundo de locura había pensado en aceptar. Pero sería estúpido por su parte, teniendo en cuenta que él se lo había propuesto sólo por el embarazo. Ella le era muy útil: cuidaba bien de Chloe, sería una buena madre para el futuro bebé y de vez en cuando podría satisfacer su deseo en la cama. Pero en cuanto a lo demás...

Stephano no quería casarse, sobre todo desde el fracaso de su primer matrimonio. Desconfiaba de las mujeres, y no había más que añadir. Tal vez incluso pensara que ella se había quedado embarazada adrede, para pescar a un millonario.

–Te lo digo totalmente en serio –dijo él–, y no entiendo por qué...

–Papi, papi, has vuelto...

Chloe salió corriendo de la casa y se echó a sus brazos. Penny suspiró aliviada mientras se retiraba en silencio, aprovechando que Stephano estaba distraído, charlando con su hija.

Durante el resto del día evitó a Stephano discretamente. Y esa noche, mientras cenaban con el padre, Stephano anunció que se marcharían a la mañana siguiente.

–Tengo que volver al despacho –anunció en tono seco.

–¿No será que ya estáis hartos de mí? –rugió el viejo.

Stephano lo miró con rabia.

–Yo más bien diría que ha sido al contrario. Aunque te agradezco que hayas sido amable con mi hija.

–¿Y no he sido amable contigo, es eso lo que piensas?

El brillo de frialdad en la mirada del hombre revelaba la enemistad que aún sentían los dos.

Penny se estremeció.

–¿Por qué te parece que me fui de tu casa? –le desafió Stephano.

–Porque eras un niño muy faldero y sólo querías estar donde estuviera tu madre –se burló Antonio.

Stephano negó con la cabeza.

–Qué equivocado estás, padre; pero me niego a sentarme aquí a discutir contigo. He terminado de hablar –dijo mientras retiraba la silla para levantarse.

Penny hizo una mueca de pesar cuando salió de la habitación.

–Necesito hacer la maleta, si me disculpa.

El hombre no intentó detenerla, y por un momento Penny sintió lástima de Antonio.

Por otra parte, sabía que tenía lo que merecía. No era un padre agradable. Tenía tanta amargura, tanta rabia. Pero se dio cuenta de pronto que aquel hombre había afectado mucho a Stephano.

Se dijo que no podía casarse con él, que sería un error. Tenía que salir de allí, alejarse de todo aquello.

Mientras con mucho cuidado guardaba los preciosos modelos que Stephano le había comprado, se dio cuenta de que muy pronto no podría ponérselos. Además, tampoco habría querido; sólo le recordarían aquellas desastrosas vacaciones.

El regreso a casa en avión lo hicieron prácticamente

en silencio. Incluso Chloe estaba callada, como si sintiera su tensión y temiera hablar por si metía la pata.

Cuando salieron del aeropuerto, Stephano anunció que iba directamente al despacho.

–Hay un problema que tengo que atender de inmediato.

¿Un problema más importante que asegurarse de que su hija llegaba a casa bien, o más importante que hablar del hijo que iba a tener? Esos aciagos pensamientos acompañaron a Penny cuando se montaba en un coche con chófer que estaba allí a su disposición.

Chloe le dio la mano durante el trayecto hasta casa.

–¿Qué le pasa a mi papá? ¿Está enfadado conmigo?

–Por supuesto que no, cariño mío –dijo Penny con el corazón encogido–. Papi tiene asuntos en la oficina que tiene que solucionar.

–¿Y va a venir a casa para darme un beso de buenas noches? –preguntó la niña con clara preocupación.

–No estoy segura –respondió Penny con suavidad–, pero yo estaré contigo. No te preocupes por eso.

–Echo de menos a mamá –dijo la niña con tristeza.

Fue una expresión sincera que le salió del corazón, y Penny se estremeció de pesar. Chloe no había vuelto a decir eso desde que Penny empezara a trabajar para Stephano. La niña había aprendido a amarlo y a confiar en él, y de pronto se daba cuenta de que el otro volvía a fallarle. Penny sabía que si dejaba de trabajar allí, también le fallaría.

¿Pero cómo podía quedarse con la situación que tenía? Ella también necesitaba amor, no que Stephano la utilizara cuando a él le apeteciera. Ella quería más de él, mucho más. Se había enamorado de Stephano y quería pasar el resto de su vida con él. Sin embargo, sabía que era un sueño imposible.

Las dos estaban acostadas cuando él llegó a casa.

Penny le oyó subir las escaleras y aguantó la respiración; ojala no se le ocurriera ir a verla para terminar la conversación que habían empezado. Tenían que hablar, sí, y aclarar las cosas un poco; pero ella prefería esperar hasta que él se hubiera calmado, a que se hubiera acostumbrado a la situación.

Pero se había preocupado en balde, y a la mañana siguiente se marchó antes de que ella y Chloe desayunaran. Salieron a dar un paseo, y a la vuelta Penny pasó por una farmacia y compró un test de embarazo. Ella no necesitaba pruebas, sabía lo que había pasado, pero parecía que Stephano necesitaba confirmación, y ella prefería dársela. Lo que no iba a hacer era ir al ginecólogo al que él quisiera llevarla. Iría a ver a su médico.

El único problema de dejar a Stephano era que no sabía dónde iba a vivir. Supuso que podría irse con su hermana una temporada, pero como habían tenido el bebé, tampoco tenían ya mucho sitio. Pero se apañarían.

El test le dio positivo, y aunque ella ya sabía que sería así, fue un golpe de todas formas y se echó a llorar. Sin embargo, cuando Stephano llegó temprano a casa, ella había conseguido controlarse.

Chloe se alegró mucho de ver a su padre, y Penny aún más cuando vio que Stephano bañaba a la niña y la acostaba. Cuando la pequeña se durmió, Stephano buscó a Penny.

–Ya es hora de sentarnos a hablar –dijo en tono funesto.

Al mirarlo, a Penny le costó imaginar que habían concebido juntos aquel hijo, o que sus cuerpos se habían unido, o que ella se había sentido tan especial.

–No hay mucho más que decir –Penny hizo un esfuerzo y lo miró a los ojos, donde no vio ni rastro de la sensualidad o la ternura que había visto tantas veces–. Me he hecho un test de embarazo hoy y ha dado positivo.

Él asintió levemente.

–En ese caso, si es cierto, tenemos que arreglar algunas cosas.

–¿Como cuáles? –preguntó Penny, consciente de su nerviosismo–. Si me vas a volver a pedir que me case contigo, olvídalo. No lo haré.

–¿Y por qué?

–Pues porque no nos amamos –le respondió ella con dinamismo–. Y porque no seríamos felices juntos. Tú eres un adicto al trabajo, mientras que yo creo que un hombre debe sacar tiempo para su familia. Hay muchas razones. No te voy a negar que lo veas cuando quieras, pero desde luego este niño lo voy a criar sola. Y renuncio a mi trabajo.

–¿Y si digo que eres una mentirosa?

Penny frunció el ceño.

–¿A cuenta de qué? Estoy embarazada, y voy a renunciar a mi trabajo.

–Pero mientes cuando dices que no me amas.

El corazón le dio un vuelco y la tensión le atenazó la garganta. Él trataba de meterla en un rincón de donde no podría escapar; y no lo hacía porque la amara, sino porque quería que siguiera cuidando de Chloe, y después del bebé que habían concebido juntos una noche de pasión. No podría valérselas solo, y tampoco encontraría a nadie adecuado para la tarea.

–¿Amarte? –repitió con voz trémula–. He disfrutado del sexo contigo, Stephano, pero no tengo intención de volver a enamorarme otra vez.

Él aspiró hondo y bajó la vista.

–¿Entonces para ti sólo ha sido sexo? He tenido relaciones sexuales con otras mujeres, y no se han parecido en nada a lo que tú y yo hemos experimentado juntos.

–¿De qué hablas?

Él lo decía como si todo hubiera significado más para él de lo que ella pudiera haber sospechado. Y si ése era el caso...

–Creo que te has enamorado de mí, que estás muerta de miedo porque crees que soy como Max, que te voy a abandonar cuando encuentre a otra mejor. ¿Pero cómo es eso posible, teniendo en cuenta que he conocido a la mujer con la que quiero pasar el resto de mi vida?

Penny abrió sus grandes ojos azules con gesto dramático, totalmente incrédula.

–¿Crees que te miento, que no digo la verdad?

Se adelantó un paso, lo suficiente para que ella sintiera el calor de su cuerpo, su aliento.

–Te lo voy a pedir de nuevo... ¿Penny, quieres casarte conmigo?

–¿Lo dices en serio?

–¿*Mio Dio*, qué tengo que hacer para convencerte?

–Pero... tú no me amas; lo haces por el bien del bebé. No podría casarme nunca contigo por esa razón.

–¿Y tú, me amas?

Penny no respondió. ¿Cómo iba a hacerlo, si él nunca le había dicho que la amara?

–Tal vez pueda convencerte con esto.

Le tomó la cara con las dos manos y la besó apasionadamente; Penny no tardó en corresponderle del mismo modo, y al momento sintió la fuerza de su cuerpo, su calor y excitación. Se le pasó por la cabeza que casarse con Stephano no sería tan mala idea; tal vez con el tiempo él aprendería a amarla.

Se apartó de ella y trazó con delicadeza el contorno de sus facciones, como había hecho otras veces.

–Sólo fui a ver a mi padre por una razón.

Penny no entendió qué tenía eso que ver con su petición de matrimonio; sin embargo, esperó pacientemente a que él continuara.

–Quería presentarte como mi prometida, la mujer con la que tengo intención de casarme.

Penny se quedó boquiabierta.

–¿Y lo hiciste?

–Pensé que él habría cambiado, que estaría feliz por mí. Pero me di cuenta de que su comportamiento es tan horrible como siempre, y no pude hacerlo. A saber cómo se lo habría tomado; y podría haberte dicho algo desagradable y haberte hecho daño.

–¿Me ibas a presentar como tu prometida sin haberme preguntado si quería casarme contigo?

A Penny no le extrañaba que hubiera estado de tan mal humor, y que no hubiera hablado con su padre.

–Yo sé que tú habrías querido casarte conmigo –dijo con una sonrisa que dejó al descubierto sus dientes blancos–. Me amas, Penny; vamos, niégalo si puedes. Dime que no me quieres y te dejaré marchar.

–Oh, Stephano...

Penny sintió una felicidad que no había sentido jamás, una alegría indescriptible, y se le llenaron los ojos de lágrimas por aquel hombre al que había pensado en abandonar, por el hombre que la amaba lo suficiente como para enfrentarse a su hostil padre para decirle que ella era la mujer que amaba, para presumir de ella.

–Me habría gustado que tu padre y tú hubierais hecho las paces –dijo ella.

–A mí también, al menos por tu bien y por el de Chloe. Pero como no va a ser así, será mejor que nos olvidemos de él y nos concentremos en nosotros. ¿Me amas lo suficiente para casarte conmigo? ¿O necesitas que te convenza un poco más?

–Tal vez un poco más...

Su beso ardiente le calentó el corazón, y Penny lo abrazó con fuerza, como si temiera que todo aquello no fuera más que un sueño.

–¿Eso es un sí? –le preguntó él muy sonriente.

–Con una condición.

–Para ti, cualquier cosa, *cara*; cualquier cosa... –dijo Stephano, de corazón.

–No quiero un marido adicto al trabajo a quien nunca vea. Quiero que delegues en otras personas. ¿Acaso la vida familiar no es más importante?

–Nunca lo ha sido –dijo él con pesar–. Supongo que es una de las desventajas de haber vivido tantos años dominado por mi padre. Necesitaba una vía de escape, e imagino que siempre ha sido el trabajo. Pero por ti haré cualquier cosa, tesoro mío. No tienes idea la cantidad de veces que he deseado volver corriendo a casa para verte. Pero te deseaba tanto que tenía miedo de asustarte...

–Yo también te he deseado tanto, cariño mío...

–Te amo, Penny. Jamás pensé que volvería a enamorarme, pero tú eres una persona muy especial.

–Y yo también te amo, Stephano. Te amaré toda la vida. Te lo prometo.

Penny y Stephano se casaron a los pocos días. Chloe fue su dama de honor, y siete meses después, cuando le presentaron a su hermano recién nacido, se sintió feliz y orgullosa.

–Tenemos que llevarlo a que lo vea mi abuelo de Italia –declaró Chloe con importancia.

Penny y Stephano se miraron, y como los dos se sentían sentimentales, Stephano asintió a su hija.

–Un día iremos a verlo, mi niña, te lo prometo.

Penny sonrió para sus adentros. Esperaba que fuera así, que Stephano hiciera otro esfuerzo para solucionar el problema con su padre. Se estaba haciendo mayor, y no estaría bien que muriera sin conocer a su nieto.

Meses después volvieron a visitarlo. Penny estaba de nuevo embarazada, y habían pensado en esperar a que hubiera nacido el nuevo miembro de la familia. Pero Vittorio los había llamado para decirles que Antonio estaba enfermo.

Llegaron justo a tiempo. Penny se quedó con el vivo recuerdo del padre y el hijo agarrándose las manos. Chloe besó a su abuelo y le presentó a su hermano antes de que Penny los sacara de la habitación.

Cuando Stephano fue a buscarla, tenía los ojos llenos de lágrimas.

—Al menos hemos hecho las paces.

Penny asintió.

—Estoy muy orgullosa de ti, Stephano. Te quiero muchísimo.

—Y yo también, vida mía, con toda mi alma; para siempre.

Bianca™

¡De limpiadora a amante de un millonario!

Para quitarse de encima a las mujeres que lo perseguían, el millonario Salvatore Cardini le propuso impulsivamente a la mujer de la limpieza de su oficina que lo acompañara a una cena.

Jessica aceptó, reacia, pero, ¿quién diría que no a un hombre tan atractivo y poderoso? Él estaba en la lista de los hombres más ricos del mundo, y en cambio ella tenía dos empleos para sobrevivir. Además, no se había dado cuenta de que su papel no era sólo ir de su brazo en público, ¡sino también ser su amante en la intimidad!

El millonario y ella

Sharon Kendrick

Acepte 2 de nuestras mejores novelas de amor GRATIS

¡Y reciba un regalo sorpresa!

Oferta especial de tiempo limitado

Rellene el cupón y envíelo a
Harlequin Reader Service®
3010 Walden Ave.
P.O. Box 1867
Buffalo, N.Y. 14240-1867

¡Sí! Por favor, envíenme 2 novelas de amor de Harlequin (1 Bianca® y 1 Deseo®) gratis, más el regalo sorpresa. Luego remítanme 4 novelas nuevas todos los meses, las cuales recibiré mucho antes de que aparezcan en librerías, y factúrenme al bajo precio de $3,24 cada una, más $0,25 por envío e impuesto de ventas, si corresponde*. Este es el precio total, y es un ahorro de casi el 20% sobre el precio de portada. !Una oferta excelente! Entiendo que el hecho de aceptar estos libros y el regalo no me obliga en forma alguna a la compra de libros adicionales. Y también que puedo devolver cualquier envío y cancelar en cualquier momento. Aún si decido no comprar ningún otro libro de Harlequin, los 2 libros gratis y el regalo sorpresa son míos para siempre.

416 LBN DU7N

Nombre y apellido	(Por favor, letra de molde)
Dirección	Apartamento No.
Ciudad	Estado	Zona postal

Esta oferta se limita a un pedido por hogar y no está disponible para los subscriptores actuales de Deseo® y Bianca®.
*Los términos y precios quedan sujetos a cambios sin aviso previo.
Impuestos de ventas aplican en N.Y.

SPN-03

Deseo™

Atracción inevitable
Leanne Banks

Por fin Damien podría vengar a su familia. Y la clave para conseguirlo estaba en manos de su encantadora secretaria, Emma Weatherfield. Ella podría revelarle la privilegiada información que tan desesperadamente necesitaba. Pero, para conseguir la confianza de Emma, antes tenía que ganarse su amor.

Llegar al corazón de Emma Weatherfield fue más fácil de lo que había imaginado; hacerlo sin quedar atrapado él mismo en sus redes, sin embargo, no era algo que el millonario hubiese anticipado.

Se vengaría... a través de la seducción

Bianca™

¡Su belleza hacía arder su corazón!

Por la cama de César Carreño ha pasado una larga lista de guapas mujeres de la alta sociedad hasta que conoce a Jude. ¡Su belleza inmaculada hace arder su sangre española!

Jude se esfuerza por encajar en el exclusivo mundo en que vive César. Pero su inexperiencia pronto se pone de manifiesto: está esperando un hijo de él. Para César, sólo existe una opción… el matrimonio. Después de todo, él es un Carreño. Y, como Jude pronto descubre, su proposición no es una pregunta… ¡es una orden!

Alma de fuego

Cathy Williams